고독한
진화

고독한 조화

류츠신 지음

박미진 옮김

주|자음과모음

일러두기

본문 중의 각주는 모두 옮긴이의 주이다.

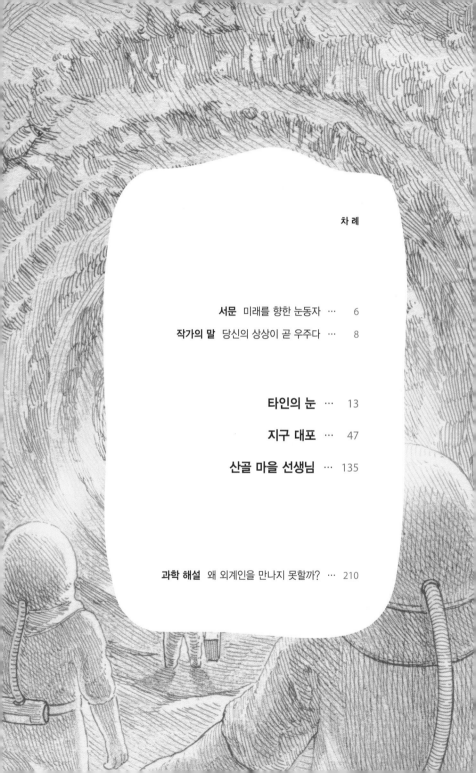

차 례

 서문

미래를 향한 눈동자

'류츠신 SF 유니버스' 시리즈에 과학 지식을 해설할 수 있어서 정말 영광이다. 해설을 쓰기 위해 글을 읽을 때마다 참으로 신선하고 기발하다는 생각이 들었다.

류츠신은 중국 SF 분야에서 독보적인 존재다. 물론 그가 집필한 『삼체』가 SF계의 노벨상이라 불리는 휴고상을 받았기 때문만은 아니다. 그의 작품은 확실히 남다른 데가 있다. 여타 SF와 달리 류츠신의 작품은 최신 물리 지식이 잘 반영돼 있고, 그 지식을 뛰어넘는 풍부한 상상력이 담겨 있다.

이미 많은 사람이 『삼체』에 관해 다양한 관점으로 해석하고 장점을 밝혔지만 사실 이 모든 장점은 류츠신이 집필한 다른 작품에서도 만날 수 있다. 이번 시리즈는 다채로운 이야기를 담고 있다. 만만치 않은 규모를 배경으로 설정하고, 시간과 공간의 상상을 다루기도 하며, 문명의 가능성을 이야기하거나 사랑을 주제로 하기도 한다.

류츠신의 작품을 한마디로 표현하자면 기발한 상상력과 독창적인 사고의 총집합이라고 할 수 있다. 그는 다양한 소재로 이야기를 만들 뿐만 아니라, 과학이 규정한 경계에 얽매이지 않고 공상에만 빠져 있지도 않다.

어떤 이들은 류츠신이 이야기는 잘 풀어 가지만 인물 묘사가 부족하다고 말하기도 한다. 작가 역시 자신의 단점을 모르지는 않을 것이다. 그러나 그는 소설 속에 등장하는 인물은 하나의 매개체일 뿐이며, 이야기 자체와 '어떤 사건이 미래에 일어날 가능성'을 더 중요한 문제로 생각하는 것 같다.

이야기에 나타난 것들 가운데 극히 일부는 진짜 우리의 미래로 나타날지도 모른다. 그러나 예언은 결코 공상 과학이 지향하는 목적이 아니다. 상상력을 자극하는 것이 공상 과학이 추구하는 목적 중 하나라면 나머지는 무엇일까? 그것은 바로 우리가 미래를 위해 최선을 다하고, 최악을 막기 위해 준비하는 것이라고 생각한다.

이론물리학자 리먀오

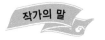

당신의 상상이 곧 우주다

2013년 12월, 달탐사위성 '창어 3호'의 발사를 보기 위해 시창 위성발사센터에 갔다. 나는 당시 시창으로 가는 비행기에서 초등학교 5학년 학생들을 만났다. 그 아이들도 나처럼 발사 현장으로 가는 길이었다. 발사가 끝나고 돌아가는 길에는 아까 그 학생들보다 더 어린 초등학교 1학년쯤으로 보이는 아이들을 만났다. 나는 이 아이들의 눈에서 새로운 일에 대한 흥분과 호기심, 그리고 미래에 대한 희망과 기대를 엿보았다.

1970년 4월, 허난성 루산현의 한 마을에서 어른, 아이 할 것 없이 다 함께 맑은 밤하늘을 바라본 적이 있다. 칠흑처럼 까만 하늘에 밝게 빛나는 작은 별 하나가 천천히 날아갔다. 그것은 중국이 최초로 쏘아 올린 인공위성 '둥팡훙 1호'였다. 날아가는 위성을 보고 있자니 알 수 없는 감정이 들었다. 우주를 향해 날아가는 인공위성이 다른 별들과 부딪힐까 걱정됐다. 몇 년이 지나서야 과학 책을 통해 위성과 다른 별들의 거리가 얼마나 멀리 떨어져 있는지 알았고, 웬만해선 우주 충돌 사고가 일어나지 않는다는 사실도 알았다. 어린 마음에 괜한 걱정에 빠져 있던 것이다.

시대가 많이 변했다. 요즘 아이들은 비행기를 타고 위성발사 센터로 가지만 내 어릴 적 친구들은 신발조차 없었다. 하지만 나와 친구들 눈에도 새로운 세계에 대한 동경, 우주의 오묘한 비밀에 대한 호기심, 미래에 대한 희망과 기대가 가득했다. 이처럼 미래에 대해 기대와 희망을 품는 마음은 역사와 시간을 뛰어넘어 존재한다.

요즘 아이들은 수십 년 전 농촌 생활이 얼마나 폐쇄적이고 가난했는지 상상도 못 할 것이다. 내가 살았던 마을은 1980년대까지도 전기가 들어오지 않았다. 책이라고는 고작 부모님 침대 아래에 있던 상자 속에서 꺼내어 들춰 본 게 독서의 전부였다. 그 상자 안에는 쥘 베른이 쓴 『해저 2만 리』와 『십만 개의 왜 그럴까요?』 등 SF와 과학 지식에 관한 책들이 있었는데 이 책들이 유년 시절의 창이 되어 농촌과 중국, 심지어 태양계를 벗어나는 상상을 하게 해 줬다. 이 책들 덕분에 나는 공상 과학에 흥미를 지니게 됐고 훗날 SF를 쓰는 작가의 길을 걷게 됐다.

공상 과학은 내 삶과 인생을 이끌었다. 그렇기 때문에 위성 발사를 보러 온 아이들에게 이번 경험이 그저 스쳐 가는 순간이 아니라는 것을 믿는다. 감동과 전율을 느낀 로켓 발사 장면과 최첨단 과학 기술을 대표하는 탐사 사업은 아이들 마음속에 과학의 씨앗이 되었으리라 믿어 의심치 않는다.

앞으로 10년이 지나고 20년이 지나면 그 아이들 중에 몇몇은 과학 연구의 길을 걸을 것이고, 우주 탐사를 하거나 다른 별에 인류의 문명을 세울지도 모른다. 이 책을 읽고 있는 아이들도 SF를 통해 과학에 흥미를 느끼고, 나처럼 일상생활에서 벗어난 흥미로운 상상을 할 수도 있다.

솔직하게 말하자면 지금까지 나는 청소년 독자가 아닌 성인 독자를 위한 SF를 써 왔다. 그래서일까. 출판사에서 청소년을 위한 SF를 제안받았을 때 어깨가 꽤 무거웠다. 청소년이 읽는 SF를 쓰려면 아이들이 지닌 독서 경향과 심리를 잘 알아야 하기 때문이다. 그런데 나는 이쪽으로는 창작 경험이 그다지 많지 않았다. 예전에 썼던 작품을 살펴보다 아이들이 읽기에 적합한 작품이 있다는 걸 알고는 몇 편을 골라 수정하며 처음으로 청소년을 위한 SF를 시도해 봤다. 때마침 리먀오 교수가 소설 속 과학 지식을 해설해 주셔서 매우 감사하고 영광이다. 저명한 이론 물리학자인 리먀오 교수가 열정적으로 도와준 덕분에 이번 시리즈가 과학적으로도 전문성을 갖출 수 있었다.

이번 시리즈를 출판하게 된 이유는 청소년들에게 과학을 쉽고 재미있게 알리기 위해서다. 그러나 소설 속에 나오는 과학은 상상을 더해 가며 가공한 것이기에 실제 과학 지식과 다를 수 있다. 어린 독자들이 이 시리즈를 통해 우리가 살고 있는 세상과 우주를 이해할 수 있기를 바란다.

류츠신

타인의 눈

그녀의 눈과 함께

································ 🌙 ································

두 달을 연달아 일만 하자니 너무 힘들었다. 주임에게 잠시 여행이라도 하면서 바람을 쐬고 싶으니 이틀만 휴가를 달라고 요청했다. 주임은 눈 한 쌍을 가지고 가는 조건하에 휴가를 허락해 주겠다고 했다. 나 역시 좋다고 했고 곧바로 주임과 함께 눈을 가지러 갔다. 눈은 통제 본부의 복도 끝 작은 방에 보관하고 있는데 지금은 여남은 쌍이 남아 있었다.

주임은 내게 눈 한 쌍을 주고 앞에 있는 커다란 스크린을 가리키며 눈의 주인을 소개했다. 대학을 갓 졸업한 것 같은 젊은 여자가 나를 하염없이 바라보았다. 크고 두툼한 우주복을 입은 그녀는 실제 모습보다 더 작고 왜소해 보여서 가엾기까지 했다. 우주는 도서관에서 상상했던 것처럼 그렇게 낭만적인 세계가 아니며 한편으로는 오히려 지옥보다 못하다는 사실을 깨달은

듯한 모습이었다.

"귀찮게 해서 정말 미안해요."

그녀는 나에게 자꾸만 꾸벅꾸벅 인사를 했다. 그녀의 목소리는 내가 들어 본 것 중에 가장 보드라운 목소리였다. 나는 이 목소리가 우주에서 들려오는 것을 상상해 보았다. 산들바람처럼 불어오는 목소리는 크고 거친 강철 구조물을 고무찰흙처럼 물렁물렁하게 만들 것만 같았다.

"전혀요, 일행이 있다니 좋은데요. 어디로 가고 싶어요?"

내가 호기롭게 물었다.

"네? 어디로 가실지 아직 정하지 않으셨어요?"

그녀는 무척이나 신나 보였다. 그런데 갑자기 무언가 이상하게 느껴졌다. 지상에서 우주로 통신을 할 때는 시간이 지연되기 마련이라서 달과는 2초 정도 시간 차가 있고, 소행성대*와는 더 큰 시간 차가 있는데 그녀의 대답은 시간이 거의 지연되지 않았다. 그 말은 그녀가 지구 저궤도**에 있다는 뜻인데 그곳은 지구로 돌아올 때 환승할 필요도 없고 비용과 시간도 별로 들지 않아서 굳이 다른 사람에게 눈을 부탁할 필요가 없는 곳이다.

더불어 그녀가 입은 우주복은 우주 장비 엔지니어인 내가 보

* 화성과 목성 사이에 소행성이 많이 모여 있는 지역.
** 지구 표면으로부터 고도 2,000킬로미터까지의 인공위성궤도.

기에 무척 이상했다. 방사선 차단 장치도 보이지 않았고 옆에 둔 헬멧의 마스크에는 광선 차단 기능도 없었다. 그런데 열기와 냉기를 차단하는 기능만은 유독 신경 쓴 게 보였다.

"저분은 어느 우주정거장에 있는 거죠?"

내가 고개를 돌려 주임에게 물었다.

"그런 건 묻지 마."

주임의 안색이 어두웠다.

"네, 묻지 말아 주세요."

스크린의 그녀 역시 그 보들보들한 목소리로 말했다.

"감금이라도 당한 건 아니죠?"

나는 농담처럼 물었다. 그녀가 있는 선실이 너무 비좁아 보였기 때문이다. 항해하고 있는 우주선의 조종실인 듯 각종 복잡한 항해 시스템이 여기저기서 깜빡거렸다. 하지만 창문과 관찰 모니터가 없었다. 그녀의 머리 주변을 뱅글뱅글 돌고 있는 무중력상태의 연필만이 그녀가 우주에 있다는 것을 설명해 주었다. 내 농담에 그녀와 주임이 너무나 당황하는 것 같아 얼른 말을 돌렸다.

"좋아요, 제가 알면 안 되는 건 묻지 않겠습니다. 어디로 갈 건지나 정해요."

그녀는 결정을 무척 어려워하는 것 같았다. 장갑을 낀 양손을 가슴 앞에 꼭 모으고 두 눈까지 반쯤 감았다. 사느냐 죽느냐의 갈림길에 섰다거나, 이 여행이 끝나고 나면 지구가 폭발이라도 할 거라고 여기는 것 같았다. 나도 모르게 웃음이 나왔다.

"아이고, 저한테는 쉽지 않네요. 헬렌 켈러의 『사흘만 볼 수 있다면』을 읽으셨다면 이게 얼마나 어려운 일인지 아실 거예요!"

"우리한테는 사흘이나 있지 않아요. 이틀뿐이라고요. 시간이야, 뭐 요즘 사람들은 항상 모자라죠. 그래도 20세기 맹인보다 행복한 점은 저나 당신의 눈이 세 시간 내에 지구 어디든 갈 수 있다는 거예요."

"그럼 이륙하기 전에 가 봤던 곳으로 가요!"

그녀가 가고 싶은 곳을 알려 주어서 곧장 그녀의 눈을 가지고 출발했다.

뇌파로 떠나는 여행

여기는 높은 산과 너른 들판, 풀밭과 우거진 숲이 맞닿은 곳이다. 내가 일하는 우주 센터에서 2,000킬로미터 정도 떨어진 이곳으로는 전리층* 비행기를 타고 십여 분 만에 도착했다. 눈앞에 몇 대에 걸친 노력으로 초원으로 바뀐 타클라마칸사막이 펼쳐졌다. 이곳은 마찬가지로 몇 대에 걸친 강력한 인구 통제로 인적마저 드문 곳이 됐다. 내 앞에는 드넓은 초원이 하늘과 맞닿아 있고 뒤로는 짙푸른 숲이 버티고 있었다. 몇몇 산의 꼭대기는 은빛 왕관을 쓰고 있었다. 얼른 그녀의 눈을 꺼내 착용했다.

눈이라고는 하지만 사실은 VR 안경이다. 이것을 착용하면 내가 보는 모든 이미지가 초고주파 신호로 발사된다. 그러면 멀

---

* 대기 중에서 태양에너지에 의해 기체가 이온으로 분리되어 있는 구간. 지상에서 50킬로미터 이상의 높이부터 나타난다.

리서 똑같은 VR 안경을 쓴 사람이 이 신호를 받아서 내가 보는 모든 것을 볼 수 있는 것이다. 내가 그 사람의 눈을 달고 있는 것처럼 말이다.

지금 달과 소행성에서 오랜 기간 일하는 사람들의 수가 수백만에 달하지만 그들이 지구로 돌아와 휴가를 즐기는 데 드는 비용은 상상을 초월한다. 그래서 구두쇠 같은 우주항공국에서 이런 장난감을 개발해 냈고, 우주에서 생활하는 우주비행사들은 모두 지구에 눈을 한 쌍씩 두고 다녔다. 그러면 진짜 휴가를 떠나는 행운아들이 이 눈을 가지고 다니면서 고향을 그리워하는 우주인들에게 즐거움을 전했다.

처음에는 사람들의 비웃음을 샀지만 눈을 이용해 휴가를 즐긴 사람들이 큰 만족을 얻게 되자 결국 유행하기 시작했다. 최첨단 기술을 이용한 인조 눈은 갈수록 정교해졌다. 이제는 눈을 착용한 사람의 뇌파 정보를 수집해서 그가 느낀 감촉과 맛까지 함께 전달할 수 있었다. 지상에서 우주 항공 계통에 종사하는 사람들이 눈을 하나 더 착용하고 휴가를 보내는 것은 공익 활동으로 자리 잡았다. 사생활 때문에 모두가 착용을 환영하는 건 아니었지만 나는 별로 상관없었다.

나는 눈앞에 펼쳐진 풍경에 크게 감탄했다. 그런데 그녀의 눈에서 훌쩍거리는 소리가 낮게 들려왔다.

"지난번에 떠나온 후로 여기 꿈을 자주 꿨거든요. 이제야 꿈 속으로 들어왔네요!"

그녀의 가느다란 음성이 눈을 통해 전해졌다.

"엄청 깊은 물속에서 겨우 나와 공기를 들이마시는 것 같은 느낌이에요. 갇혀 있는 건 너무 무서워요."

말 중간에 그녀가 심호흡하는 소리가 들렸다.

"갇혀 있는 게 아니죠. 당신이 있는 우주와 비교하자면 이 초원은 오히려 너무너무 작아요."

그녀는 침묵했다. 마치 호흡마저 정지한 것 같았다.

"아, 우주에 있는 사람들도 당연히 갇혀 있어요. 20세기에 예거라는 조종사가 우주비행선 안의 비행사들을 묘사했었죠. 그들이 마치……."

"깡통 속의 고기 같다고요."

우리는 함께 웃음을 터뜨렸다. 그러다 그녀가 갑자기 외쳤다.

"아! 꽃, 꽃이에요! 전에 왔을 때는 없었는데!"

정말 그랬다. 넓은 초원 여기저기에 자그마한 꽃들이 수놓아져 있었다.

"가까이 가서 좀 볼 수 있을까요?"

나는 무릎을 꿇었다.

"와, 진짜 예뻐요! 향기 좀 맡아 주실래요? 아니, 꺾지는 마시고요!"

하는 수 없이 땅바닥에 엎드려 향기를 맡았다. 상쾌하고 맑은 향 한 가닥이 희미하게 코로 들어왔다.

"아, 저도 느껴져요. 은은하게 퍼지는 세레나데 같아요!"

나는 웃으며 고개를 내저었다. 미친 듯이 빠르고 이상하게 변해 가는 요즘 세상에 이렇게 꽃을 보고 눈물을 떨어뜨리는 청순가련한 여자는 정말 드물었다.

"이 꽃에 이름 지어 주는 거 어때요? 음……. 몽몽이라고 해요. 저 꽃도 좀 볼까요? 뭐라고 부를까? 음, 보슬비가 좋겠어요. 저기 저 꽃도요. 아, 고마워요. 옅은 파랑이니까 달빛이라고 불러야겠어요."

우리는 꽃을 이렇게 한 송이, 한 송이 보면서 향기를 맡고 이름을 지어 주었다. 그녀는 꽃에 도취되어 끝도 없이 이름을 지었다. 다른 것은 깡그리 잊어버린 듯 했다. 나는 이 소녀의 이름 짓기 놀이에 금세 질려 버렸다. 이제 그만하라고 계속 말렸지만 이미 백여 개가 넘는 이름을 지은 뒤였다.

고개를 드니 배낭을 둔 곳에서 꽤 멀리까지 와 있어서 배낭을 가지러 다시 돌아갔다. 풀밭에서 배낭을 집어 들 때 그녀가 비명을 질렀다.

"맙소사, 당신이 눈송이를 밟았어요!"

방금 밟은 하얀 들꽃을 일으켜 세우다가 너무 우스꽝스럽다고 생각했다. 그래서 두 손으로 각각 꽃 하나씩을 숨기면서 그녀에게 물었다.

"얘들은 이름이 뭐죠? 어떻게 생겼을까요?"

"왼쪽은 수정, 흰색이에요. 줄기에 잎이 세 장 있어요. 오른쪽은 불씨, 분홍색이고 줄기에 잎이 네 장 있어요. 위의 두 장은 각자 떨어져 있고 아래쪽 두 장은 이어져 있고요."

그녀의 말은 모두 맞았다. 나는 약간 감동했다.

"보세요, 저는 쟤들하고 서로 아는 사이가 된 거예요. 앞으로 길고 지루한 날을 보내면서 저는 저 아이들의 모습 하나하나를 몇 번이고 떠올릴 거예요. 아름다운 동화책을 외우는 것처럼 말이에요. 당신이 있는 그 세상이 너무 좋아요!"

"제가 있는 세상이요? 당신이 있는 세상이기도 하잖아요. 그렇게 자꾸 애들처럼 감상에 빠져 있으면 우주에 있는 깐깐한 정신과 의사들이 당신을 지구로 돌려보낼 수도 있어요."

초원 위를 정처 없이 걷다가 덤불에 가려진 작은 개울가에 닿았다. 성큼성큼 앞으로 걸어 나가자 그녀가 나를 불러 세웠다.

"제발 개울에 손 좀 담갔으면 좋겠어요."

무릎을 꿇고 손을 개울물에 넣었다. 맑고 시원한 느낌이 온몸으로 퍼져 나갔다. 그녀의 눈은 초고주파로 이 느낌을 멀리 우주에 있는 그녀에게 전해 주었다. 또다시 그녀의 탄성이 터져 나왔다.

"거긴 아주 덥죠?"

나는 그녀가 있던 비좁은 조종실과 열 차단 기능이 유독 뛰어 났던 우주복을 떠올렸다.

"더워요. 마치…… 지옥 같아요. 어머, 세상에. 이게 뭐예요? 들판의 바람인가요?"

손을 물에서 꺼냈을 때였다. 바람이 산들거리며 불어와 젖은 손이 서늘해졌다.

"아뇨, 움직이지 마세요. 정말 천국에서 불어온 바람 같아 요!"

나는 두 손이 다 마를 때까지 초원의 산들바람을 느꼈다. 그리고 그녀가 시킨 대로 다시 손을 개울물에 넣었다가 번쩍 들어 올려 천국의 느낌을 그녀에게로 보냈다. 우리는 그렇게 또 한참 동안 시간을 보냈다.

다시 길을 걷는데 잠시 조용하던 그녀가 또다시 나지막이 말 했다.

"당신이 있는 그 세상이 너무 좋아요."

"저는 모르겠는데요. 잿빛처럼 우울한 생활이 그런 느낌을 무덤덤하게 만들어 버렸거든요."

"어떻게 그래요? 이 세상이 사람한테 얼마나 많은 영감을 주는데요! 그 느낌을 말로 다 설명할 수나 있을까요? 그건 쏟아지는 비바람 속에 있는 수많은 빗방울을 다 설명하려는 것과 똑같아요. 하늘에 있는 저 커다란 뭉게구름 좀 봐요. 하얗게 빛나잖아요. 저는 지금 저게 고체처럼 보여요. 빛을 내는 옥을 깎아 만든 높은 산처럼 말이죠. 그리고 그 아래 초원은 기체인 거예요. 푸릇푸릇한 풀이 날아올라서 초록빛 구름바다가 펼쳐지는 거라고요. 상상해 봐요! 구름이 태양을 가렸다가 다시 옆으로 비킬때, 초원이 빛과 그림자로 인해 바뀌는 모습은 얼마나 웅장한가요! 그런 걸 보면서도 정말 아무것도 느끼지 못한다고요?"

"……."

그녀의 눈을 끼고 초원을 하루 종일 돌아다녔다. 그녀는 풀밭 위의 들꽃 한 송이, 풀 한 포기, 풀 속에서 속살거리는 햇볕 한 줌을 놓치지 않고 간절히 바라보았다. 초원에서 나는 소리 하나하나에도 귀를 기울였다. 갑자기 발견한 개울과 개울 속의 작은 물고기가 그녀를 설레게 했고, 기대하지 않게 불어온 산들바람과 바람에 실려 온 초록빛 풀의 싱그러운 향기가 그녀를 눈물짓게 했다. 이 세상에 대한 그녀의 감정은 풍부하다 못해 병적이라고까지 느껴졌다.

해가 지기 전에 초원 한가운데 덩그러니 놓인 하얀 집에 도착했다. 그곳은 여행자들을 위해 준비된 쉼터였다. 오랫동안 찾아온 사람이 없었던 듯 느릿느릿한 구식 로봇 한 대만이 쉼터를 지키고 있었다. 너무 피곤하고 배가 고팠다. 저녁밥을 반쯤이나 먹었을까. 그녀가 해넘이를 보러 가자고 졸랐다.

"저녁놀이 점점 사라지고 땅거미가 천천히 숲으로 내려오는 모습은 마치 우주에서 가장 아름다운 교향곡을 듣는 것과 같아요."

그녀는 홀린 듯 말했다. 나는 슬며시 앓는 소리를 했지만 결국 무거운 두 다리를 끌고 밖으로 나갔다.

초원의 일몰은 확실히 아름다웠다. 하지만 그런 아름다움을 향해 그녀가 기울이는 감상이 모든 것을 더욱 색다르게 만들었다.

"당신은 이런 사소한 것도 아주 소중히 여기는군요."

돌아가는 길에 그녀에게 말했다. 이미 밤이 깊어 별들이 밤하늘에 나타났다.

"당신은 왜 그렇지 않나요? 그래야 사는 것 같잖아요."

"저 그리고 다른 사람들 대부분이 그렇지 못해요. 모든 게 쉽게 얻어지는 시대잖아요. 물질적인 것은 말할 필요도 없고, 파란 하늘과 맑은 물이 있는 아름다운 환경, 시골이나 외딴섬의 고요함까지 손가락 하나 까딱하지 않고 쉽게 얻을 수 있어요. 심지어 옛날 사람들이 가장 얻기 어렵다고 했던 사랑도 가상현

실 속에서 잠시나마 경험해 볼 수 있게 됐잖아요. 그래서 사람
들은 이제 아무것도 소중하게 생각하지 않아요. 손만 뻗으면 집
히는 과일 무더기 앞에서 사과를 한 입 베어 물고는 싫증 나 던
져 버리는 꼴이죠."

"하지만 그런 과일을 갖지 못한 사람도 있어요."

그녀가 시무룩하게 말했다. 내가 그녀의 아픈 곳을 찌른 것
같았지만 그 이유는 알 수 없었다. 돌아오는 내내 우리는 아무
말도 하지 않았다.

그날 밤 꿈속에서 그녀를 보았다. 우주복을 입고 작은 조종실
에 앉아 있던 그녀는 눈물이 그렁그렁해서는 나에게 손을 뻗으
며 소리를 질렀다.

"얼른 저 좀 데려가요. 갇혀 있는 게 너무 무서워요!"

깜짝 놀라 잠에서 깼다. 그런데 그녀가 정말로 나를 부르고
있었다. 내가 그녀의 눈을 끼고 그대로 잠들어 버렸던 것이다.

"절 밖으로 데려가 주실래요? 우리, 달 보러 나가요. 달이 떴
을 거예요!"

머리가 묵직하고 어질어질하는 통에 마지못해 자리를 털고
일어났다. 밖에 나가 보니 정말 달이 떠 있고 초원의 밤안개가
달을 붉게 물들이고 있었다. 달빛 아래 초원도 깊이 잠들고 셀
수 없이 많은 반딧불이가 보일 듯 말 듯 빛을 뿌리며 희미한 초

원의 바다 위를 두둥실 떠다녔다. 꿈결 같은 초원이 눈앞에 펼쳐진 것 같았다.

기지개를 켜고 밤하늘을 보며 그녀에게 말했다.

"어, 궤도상에서 달이 이쪽을 비추는 걸 본 거죠? 우주선의 대략적인 방향을 좀 알려 줘요. 내가 볼 수 있을지도 모르잖아요. 지구 저궤도에 있을 테니까."

그녀는 내 말에 대답하지 않고 혼자 노래만 흥얼거렸다. 한 자락이 끝나고 나서 그녀가 말했다.

"드뷔시의 〈달빛〉이라는 곡이에요."

그리고 그녀는 또다시 흥얼거림에 취해서 니의 존재를 완전히 잊어버렸다. 〈달빛〉의 선율과 하늘의 달빛이 함께 초원 위로 내려앉았다. 하늘 위에 있는 가냘픈 소녀를 떠올렸다. 위로는 은빛 달이 반짝이고 아래에 파란 지구가 펼쳐진 허공에 자그마한 그녀가 날아오르고 음악은 달빛에 녹아들었다.

한 시간이나 지난 후에 침대로 돌아갔다. 그녀는 여전히 노래를 흥얼거렸다. 이번에도 드뷔시인지는 알 수 없었지만 그 부드러운 노랫소리는 내 꿈속까지 들려왔다.

얼마나 지났을까 노랫소리가 부르짖음으로 바뀌었다. 그녀는 또 나를 깨워 밖으로 나가자고 졸랐다.

"달은 다 봤잖아요!"

"그런데 지금은 또 다르단 말이에요. 기억해요? 아까는 서쪽에 구름이 있었어요. 지금은 아마 그 구름이 가까이 다가와서 달이 구름에 가려 보일 듯 말 듯 할 거예요. 초원 위의 빛과 그림자를 떠올려 봐요. 얼마나 아름다울까요. 또 다른 음악 같겠죠. 제발 제 눈 좀 가지고 가 주세요!"

너무 화가 났지만 일단 밖으로 나갔다. 구름이 정말로 가까이 다가와 달이 구름을 헤치고 있었다. 초원 위로 쏟아져 내린 달빛은 천천히 꿈틀거렸다. 멀고 먼 옛 기억이 대지의 깊숙한 곳에서부터 떠오른 모습이었다.

"당신은 꼭 18세기의 낭만적이고 감상적인 시인 같네요. 이 시대하고는 완전 안 어울려요. 우주비행사로는 더더욱 아니고요."

밤하늘에 대고 이렇게 이야기하고는 그녀의 눈을 벗어 옆에 있는 버드나무 가지에 걸었다.

"달은 직접 보세요. 전 진짜 자러 가야겠어요. 낭만이라고는 없는 생활을 계속하려면 내일 서둘러서 우주 센터로 돌아가야 하거든요."

그녀의 눈에서 가느다란 목소리가 새어 나왔다. 나는 무슨 말인지 듣지도 않고 혼자 들어가 버렸다.

일어나 보니 날이 훤했다. 먹구름이 하늘을 뒤덮고 초원은 보슬보슬 내리는 비에 젖어 있었다. 여전히 버드나무에 걸린 그녀의 눈에는 물방울이 끼어 있었다. 조심스럽게 눈을 닦아서 착용했다. 밤새도록 달을 보고 아직까지 잠들어 있을 것이라고 생각했는데 눈에서 그녀의 나지막한 흐느낌이 들려왔다. 갑자기 마음이 약해졌다.

"정말 미안해요. 어젯밤에는 너무 피곤했거든요."

"아뇨, 당신 때문이 아니라 흑흑, 하늘이 3시 30분부터 어두워지더니 5시쯤에는 또 비가 오는 거예요…….."

"밤새 한숨도 안 잤어요?"

"……흑흑, 비가 와서, 저는, 저는 해돋이를 못 봤어요. 초원의 해돋이를 꼭 보고 싶었거든요. 엉엉, 진짜 보고 싶었는데, 흑흑…….."

마음이 짠했다. 그녀가 눈물을 글썽거리며 코를 훌쩍이는 모습이 머릿속에 떠올랐다. 물론 눈가는 촉촉하게 젖어 있을 것이다. 꼬박 하루 밤낮이 지나는 동안 그녀가 나에게 어떤 변화를 일으킨 것을 인정할 수밖에 없었다. 달밤에 초원에 드리운 달그림자와 같이 아련한 무언가가 세상을 전과 달리 보이게 만들었다.

"초원의 해돋이는 언제든 또 있을 거예요. 나중에 제가 당신 눈을 가져와서 꼭 보여 줄게요. 아니면 당신이 직접 와서 봐도 좋고요. 괜찮죠?"

그녀는 울음을 그치고 갑자기 속삭였다.

"들어 봐요……."

아무 소리도 들리지 않았지만 귀를 기울였다.

"오늘 제일 먼저 우는 새소리예요. 빗속인데도 새가 있다고
요!"

그녀가 흥분한 듯 외쳤다. 마치 한 세기를 넘기는 종소리를
듣기라도 한 것처럼 엄숙하고 거창한 말투였다.

일몰 6호

칙칙한 생활과 눈코 뜰 새 없이 바쁜 업무로 돌아오자 그날의 기억은 점차 잊혀 갔다. 오랜 시간이 지난 후, 그날 여행에서 입었던 옷을 세탁하다가 바짓단에서 풀씨 두세 개를 발견했다. 그와 동시에 내 의식 깊은 곳에 남은 작디작은 씨앗 하나가 떠올랐다. 외롭고 쓸쓸한 마음의 사막에서 씨앗은 아무도 모르게 파란 싹을 틔웠다.

무의식적이긴 했지만 피곤한 일과가 모두 끝나면 얼굴을 스치는 바람의 스산함이 느껴졌고 새소리가 주의를 끌었다. 황혼 녘에는 육교 위에 올라서서 어둠이 깔리는 도시를 바라보기도 했다. 내 눈에 세상은 아직도 잿빛이었다. 그러나 여기저기서 초록빛이 고개를 내밀었고 그 수도 점점 많아졌다. 이런 변화를 스스로 느낄 때면 다시 그녀를 떠올렸다.

역시 무의식적이었지만 한가할 때나 꿈을 꿀 때 그녀가 있던 곳이 머릿속에 떠올랐다. 꽉 막히고 비좁은 조종실, 이상하리만큼 열 차단 기능이 뛰어난 우주복……. 그러다 나중에는 이런 물건들에 대한 기억은 다 흐릿해지고 딱 하나만이 또렷하게 남았다. 그녀의 머리 주변을 빙빙 돌던 무중력의 연필이었다. 왜인지 눈만 감으면 그 연필이 내 눈앞에서 둥둥 떠다녔다.

하루는 출근길에 우주 센터 건물 로비로 들어서는데 평소 무수히 스쳐 지나갔던 거대한 벽화가 내 눈길을 잡아끌었다. 벽화에는 우주에서 촬영한 쪽빛 지구가 그려져 있었다. 무중력 연필이 또다시 내 눈앞에 나타나 그림과 겹쳐졌다. 그리고 그녀의 목소리가 들려왔다.

"갇혀 있는 건 너무 무서워요……."

머릿속에서 무언가가 번뜩였다. 우주 말고도 무중력인 곳이 또 있었다!

미친 사람처럼 달려 올라가 주임실 문을 세차게 두들겼지만 그는 자리에 없었다. 나는 텔레파시라도 통한 듯 주임이 있는 곳을 알아채고 눈을 보관하는 곳으로 잽싸게 달려갔다. 주임은 과연 그곳에서 스크린을 바라보고 있었다. 그녀가 스크린에 나타났다. 여전히 답답한 조종실에서 그 두터운 우주복을 입고 있었다. 화면은 예전에 촬영된 듯 그대로 멈추어 있었다.

"그녀 때문에 왔겠군."

주임의 눈은 스크린에 그대로 고정되어 있었다.

"그녀는 도대체 어디 있는 겁니까?"

"자네도 벌써 눈치챘잖아. '일몰 6호'의 조종사야."

모든 것이 확실해졌다. 나는 카펫 위로 힘없이 무너져 내렸다.

'일몰 프로젝트'는 원래 일몰 1호부터 일몰 10호까지 총 열 대의 비행선을 발사시키기로 계획되어 있었다. 그런데 계획은 일몰 6호의 실종으로 중단됐다. 일몰 프로젝트는 일종의 시험 운행이었고 그 과정은 우주 센터의 다른 비행과 거의 동일했다.

유일하게 다른 점은 일몰 비행선은 하늘을 비행히는 것이 아니라 지구 심층으로 들어간다는 점이었다.

첫 우주비행이 성공하고 반세기가 지나자 인류는 반대 방향으로의 탐험을 시작했다. 땅속을 비행하는 일몰 프로젝트는 이런 탐험의 첫 시도였다.

4년 전, 텔레비전으로 일몰 1호가 발사되는 장면을 지켜보았다. 깊은 밤, 투루판 분지 가운데에서 태양처럼 눈부신 불덩이가 나타났다. 불덩이가 뿜어내는 빛으로 신장 지역 밤하늘의 구름층은 찬란한 아침노을처럼 변했다. 불덩이가 가라앉을 때쯤 일몰 1호는 이미 지층을 뚫고 땅속으로 들어갔다. 대지가 벌겋게 달구어졌다. 이 붉은빛을 뿜는 둥그런 구역의 중앙은 바로 용암 호수였다. 극도로 뜨거워진 용암이 부글부글 끓으며 환한 불기둥처럼 치솟아 올랐다. 그날 밤, 비행선이 지층을 뚫으면서 생긴 땅의 미세한 진동은 멀리 우루무치에서도 느껴졌다.

일몰 프로젝트의 비행선 다섯 대가 모두 성공적으로 지층 항해를 마치고 안전하게 땅 위로 돌아왔다. 그중 일몰 5호는 해수면 아래 3,100킬로미터까지 나아가며 인류의 지층 항해 최고 기록을 세웠다. 일몰 6호는 이 기록을 돌파할 계획은 아니었다. 지구물리학자들의 이론에 따르면 지층 3,400~3,500킬로미터 깊이에는 맨틀과 핵이 만나는 면이 있기 때문이었다. 이 면은 학술상 구텐베르크·비헤르트불연속면이라고 불렸다. 이 경계면을 일단 통과하면 액체 상태의 핵에 도달하는데, 그곳은 물질의 밀도가 갑자기 커지기 때문에 일몰 6호의 설계 강도로는 운행해 낼 수 없었다.

일몰 6호의 항해는 출발이 아주 순조로웠다. 비행선은 두 시간 만에 지각과 맨틀의 경계면인 모호로비치치불연속면을 통과했고 대륙판이 이동하는 면에서 다섯 시간을 머문 후, 맨틀의 3,000여 킬로미터 깊이에서 기나긴 항해를 시작했다.

우주 항해는 고요하고 쓸쓸하지만 우주비행사들은 무한한 우주와 화려한 성단을 볼 수 있었다. 하지만 땅속을 비행하는 비행사들은 비행선을 둘러싸고 끝없이 위로 향하는 고밀도의 물질만 느낄 수 있었다. 비행선의 후방을 보여 주는 홀로그램 영상에서는 아래로 파고드는 비행선에 밀린 마그마가 이글이글 소용돌이치며 비행선이 지나간 공간을 메우는 모습이 관찰됐다.

한 비행사는 눈만 감으면 자신들을 순식간에 집어삼키고 짓누르던 마그마가 떠오른다고 했다. 비행사들은 상상만으로도 자신을 압박하며 끊임없이 두터워지는 그 무거운 물질을 느꼈다. 땅 위의 사람들은 이해하기 어려운 압박감이 비행사 한 사람 한 사람을 괴롭혔고 그들은 모두 폐쇄공포증에 시달렸다.

일몰 6호는 항해를 하면서도 각종 연구 작업을 훌륭하게 완수했다. 비행선의 속도가 대략 시속 15킬로미터였기 때문에 예정된 깊이에 이르는 시기는 약 스무 시간 후였다. 그런데 열다섯 시간 사십 분쯤 지나고 경보가 울렸다. 지층 레이더의 관측으로는 항해 구역에서 물질의 밀도가 세제곱센티미터당 6.3그램에서 9.5그램으로 크게 높아졌고, 성분이 규산염에서 갑자기 철과 니켈이 주로 함유된 금속으로 바뀌었다. 물질의 상태 또한 고체에서 액체로 변했다. 일몰 6호는 그때 2,500킬로미터 깊이에 도달했지만 모든 정황이 이미 핵에 진입했음을 분명히 알려 주고 있었다.

알고 보니 하필 이곳은 맨틀이 벌어져 외핵과 닿아 있는 틈이었고, 핵을 이루는 고압 액체 상태의 철과 니켈이 이 틈을 가득 메우고 있었다. 일몰 6호의 항로 중에 구텐베르크·비헤르트 불연속면의 일부가 약 1,000킬로미터나 올라와 있었던 것이다. 비행선은 급히 방향을 돌려서 이 틈을 뚫고 나가려 했다. 불행은 바로 그때, 중성자를 원료로 만든 선체가 제곱미터당 1,600톤의 거대한 압력을 받게 되면서 일어났다. 선체는 크게 용해 모터가 있는 앞부분과 주 선실이 있는 가운데 부분 그리고 추진 모터가 있는 뒷부분으로 나뉘어 있었다. 그런데 비행선이 설계된 것보다 밀도와 압력이 훨씬 더 큰 액체 상태의 철과 니켈 속에서 방향을 바꾸자 용해 모터와 주 선실의 결합 부위가 끊어져 버렸다.

지상에 있던 사람들은 중성미자* 통신으로 전달된 화면으로 본체와 분리된 용해 모터가 검붉은빛을 발하는 액체 철과 니켈에 순식간에 먹혀 버리는 것을 확인할 수 있었다. 용해 모터의 역할은 초고온으로 액체와 기체를 뿜어내서 전방에 있는 물질을 녹이고 제거하는 것이다. 용해 모터가 사라지고 추진 모터만 남은 일몰 6호는 지층 속에서 옴짝달싹할 수가 없었다.

핵의 밀도는 놀라울 정도로 컸다. 하지만 선체를 구성하고 있

* 우주를 구성하는 가장 근본적인 입자. 전하가 없어 전기를 띠지 않는다. 다른 물질과 작용하지 않고 대부분 통과한다.

는 중성자 원료의 밀도도 어느 정도 컸고, 액체 상태의 철과 니켈 위로 떠오르게 하는 부력은 선체의 무게보다 훨씬 작았다. 그래서 일몰 6호는 핵 방향으로 가라앉기 시작했다.

인류는 달에 오른 후, 토성에 오를 때까지 150년이 걸렸다. 지층 탐험에서도 마찬가지로 시간이 흐른 후에야 맨틀에서 핵까지 항해할 능력을 갖출 것이다. 그런 상황에서 비행선이 핵으로 잘못 들어가고 만 것이다. 20세기 중기에 달에 오른 우주선이 우주에서 길을 잃었다면 구해 낼 희망이 거의 없는 것과 똑같은 상황이었다.

다행히 일몰 6호의 주 선실은 믿을 만했다. 선체의 중성미자 통신시스템은 여전히 통제 본부와 안정적으로 연락을 주고받았다. 이후 1년 동안, 일몰 6호의 항해 팀은 핵에서 얻은 귀중한 자료들을 지표면으로 전송하는 임무를 성실히 수행했다. 그들은 수천 킬로미터 두께로 꽁꽁 싸여 있었다. 공기나 생명은 고사하고 아주 미세한 공간도 존재하지 않았다. 온도가 섭씨 5,000도에 이르렀고, 탄소를 1초 안에 다이아몬드로 만들어 버릴 정도로 압력이 강한 액체 철과 니켈이 주위에 있었기 때문이다.

한 치의 빈틈도 없이 둘러싸인 일몰 6호는 중성미자만이 겨우 뚫고 지나갈 수 있는 상태였다. 그야말로 거대한 용광로 한가운데에 놓인 것이나 마찬가지였다. 이런 상황에 비하자면 『신

곡』의 「지옥편」도 그저 천국을 써 내려간 것이라 할 수 있었다. 이런 곳에서 생명은 무슨 소용일까? 그저 한없이 나약한 존재일 뿐이지 않을까?

엄청난 심리적 스트레스가 독사처럼 일몰 6호 승무원들의 정신을 갈가리 찢어 놓았다. 어느 날, 꿈에서 화들짝 깨어난 지질조사원이 자신이 있던 캡슐의 열 차단 문을 열어 버렸다. 총 네 겹의 문 가운데 첫 번째 문을 열었을 뿐이지만, 순간적으로 유입된 열기는 그를 즉시 숯덩이로 만들어 버렸다.

통솔관이 다른 캡슐 속에서 재빨리 열 차단 문을 닫은 덕에 일몰 6호는 완전히 소멸되는 불행을 피할 수 있었다. 그러나 통솔관은 심각한 화상을 입어 마지막 항해일지를 쓰고는 죽고 말았다.

그때 이후로 이 행성의 가장 깊은 곳에 있는 일몰 6호에는 단 한 사람만이 남게 됐다.

지금 일몰 6호의 내부는 완전한 무중력상태가 됐다. 선체가 이미 6,300여 킬로미터 깊이까지 가라앉았기 때문이다. 그곳은 지구에서 가장 깊은 곳이고, 그녀는 지구의 중심까지 도달한 최초의 인류가 됐다.

그녀가 있는 지구 중심의 세계는 활동 범위가 10제곱미터도 채 안 되는 무더운 조종실이 전부였다. 비행선에는 중성미자를 감지하는 안경이 하나 있었다. 이 장치가 그나마 그녀가 지표면 세계와 감정을 교류하도록 도움을 주었다. 그러나 생명선과도 같은 이 연결은 오래가지 못했다. 중성미자 통신설비를 유지하는 에너지가 금세 바닥났기 때문이다. 남은 수치로는 감지 안경의 초고속 데이터전송기능을 제대로 유지할 수가 없었다. 그래서 이 연락은 3개월 전에 중단됐다. 구체적으로는 내가 초원에서 우주 센터로 돌아오는 비행기 안에 있을 때였다. 그때는 이미 그녀의 눈을 벗어서 배낭 속에 넣어 놓았었다.

해도 뜨지 않은 채 가랑비가 부슬부슬 내려앉는 초원의 아침이 그녀가 마지막으로 목격한 지표면 세계였던 것이다.

나중에 일몰 6호는 지표면과 소리나 데이터만 주고받았다. 그리고 이마저도 어느 깊은 밤에 끊어지고 말았다. 그녀가 영원한 고독과 함께 지구의 중심 속에 갇힌 것이다. 일몰 6호의 중성자 외관은 지구 중심의 어마어마한 압력을 충분히 견딜 수 있었다. 게다가 비행선의 생명유지시스템도 50~80년은 끄떡없을 것이다. 그렇게 그녀는 이 10제곱미터도 되지 않는 지구 중심 세계에서 자신의 여생을 보낼 것이다.

그녀가 지표면 세계와 마지막으로 어떤 인사를 나누었을지 감히 상상도 할 수 없었다. 그런데 주임이 나에게 들려준 녹음 내용은 아주 의외였다. 지구 중심에서 온 중성미자 신호는 아주 약해져 있었다. 끊길 듯 말 듯 들려왔지만 그녀의 목소리는 굉장히 차분했다.

"여러분이 보내 준 마지막 보충 의견은 잘 받았습니다. 오늘부터 저는 연구 계획에 따라 열심히 작업을 진행하겠습니다. 나중에, 아마 몇 세대가 지난 후의 일이겠죠. 비행선이 일몰 6호를 찾아내서 도킹을 하고, 누군가가 이곳에 들어올 수도 있을 겁니다. 그때 제가 남긴 자료가 꼭 도움이 되기만을 바랍니다. 여러분, 걱정 마세요. 이곳 생활은 제가 잘 알아서 할 테니까요. 이제는 적응해서 비좁거나 답답하지 않아요. 온 세상이 함께 저를 둘러싸고 있으니까요. 저는 눈만 감으면 대초원이 떠오르고 제가 이름 붙인 작은 들꽃 하나하나를 만날 수 있거든요. 그럼 안녕히!"

투명한 지구

························ 🌙 ························

그 이후로 나는 수많은 곳에 갔다. 가는 곳마다 그곳의 대지에 눕는 것을 즐겼다. 하이난섬의 해변 위에서, 알래스카의 얼음 위에서, 러시아의 자작나무 숲속에서 그리고 사하라사막의 불타는 모래 위에서……

그럴 때마다 지구는 내 머릿속에서 투명하게 변했고 바로 아래 6,000여 킬로미터 깊은 곳, 이 거대한 구의 중심에 정박해 있는 지하 비행선 일몰 6호가 보였다.

수천 킬로미터 깊이에서 전해지는 그녀의 심장박동 소리를 느꼈다. 황금 햇빛과 파란 달빛이 이 행성의 가운데까지 비쳐 들면 그녀가 부르는 〈달빛〉과 함께 보드라운 말소리가 들려왔다.

"너무 아름다워요. 꼭 노래 같아요……"

문득 이런 생각이 내 마음을 달래 주었다. 이제 내가 세상 끝 어디를 가든 그녀와 더 이상 멀어질 수는 없으리라.

지구 대포

각 대륙의 자원 고갈과 환경오염 때문에 세계는 남극대륙으로 눈을 돌리게 됐다. 남미에서 갑지기 두각을 나타낸 두 강대국은 세계 정치 판도에서 다른 대국들과 동등한 지위를 얻게 되고, 이로 인해 남극조약*은 쓸모없는 종잇조각이 되고 말았다. 하지만 인류의 이성은 다른 쪽으로 성공을 거두었다. 지구 전체의 핵무기를 철저히 폐기하는 계획의 마지막 과정이 시작된 것이다. 전 지구의 비핵화가 실현되면서 남극대륙을 향한 인류의 경쟁은 한결 더 안전해질 전망이었다.

* 남극의 대륙과 바다를 군사적으로 이용하는 것을 금지한 조약. 과학 조사·연구의 자유와 국제 협력, 핵실험이나 방사능 물질 처리의 금지 등에 대한 내용으로 이루어져 있다.

가라앉는 돌

🌙

거대한 수직 갱도 안을 걷고 있던 선화베이는 자신이 별빛이라고는 하나 없는 밤하늘 아래, 캄캄한 들판에 있는 것 같다고 느꼈다. 핵폭발로 발생한 고온에 녹아내린 암석이 발아래 차갑게 굳어 있었다. 그러나 그 세찬 열기는 아직도 단열 신발의 바닥까지 뚫고 올라와 발바닥에 땀이 흥건하게 만들었다.

멀찍이 떨어진 갱도의 칸막이벽에는 아직 냉각되지 않은 부분이 어둠 속에서도 붉은빛을 내고 있었다. 마치 암흑의 평원 끄트머리에서 어렴풋이 새벽이 밝아 오는 것처럼 보였다. 선화베이 왼쪽에는 그의 아내 자오원자가 나란히 걷고 있었고 여덟 살짜리 아들 선위안은 앞장을 섰다. 아이는 투박한 방호복을 입고도 펄쩍펄쩍 잘도 뛰어다녔다. 그들 주위에서 유엔의 핵사찰 팀원들이 헬멧에 달린 헤드 랜턴으로 기다란 빛줄기를 줄기차게 뿜어냈다.

전 세계 핵 폐기 계획에는 두 가지 방식이 채택됐다. 해체와 지하 핵폭발이 그것이었다. 이곳은 중국의 지하 폭발 지점 중 하나였다.

핵사찰 팀장 카빈스키가 뒤에 바짝 따라붙었다. 그의 헬멧에서 나오는 불빛이 움직이는 세 사람의 그림자를 갱도 바닥에 비추었다.

"선 박사, 어떻게 가족을 다 데리고 왔죠? 여기는 소풍 오기 좋은 곳은 아닐 텐데요."

신화베이는 걸음을 멈추고 그 러시아 물리학자가 다가오기를 기다렸다.

"제 아내는 핵 폐기 사업 지휘 본부의 지질 전문가입니다. 그리고 아들은 이런 곳을 좋아하거든요."

"계속 데려오니까 애가 자꾸 특이하고 극단적인 것에 빠져들 잖아."

자오원자가 남편에게 말했다. 선화베이는 방호 마스크를 통해서 아내의 얼굴에 드리운 걱정스러운 표정을 보았다.

아이는 저 앞에서 신이 나서 떠들었다.

"이 동굴이 처음에는 구덩이만 했잖아요. 그런데 두 번 폭발하고 나서 이렇게 커진 거예요! 원자탄 불꽃 덩어리가 지하에 묻혀 있는 아기 같아요. 울고불고 발버둥 치니까 진짜 재밌어요!"

선화베이와 자오원자는 서로 눈짓을 주고받았다. 선화베이의 얼굴에는 미소가 떠올랐고 자오원자의 얼굴에는 수심이 한층 더 깊어졌다.

"얘야, 이번에는 아기가 여덟이나 된단다."

카빈스키가 선위안에게 웃으며 이야기하고는 선화베이 쪽으로 돌아섰다.

"선 박사, 안 그래도 이 얘기를 하고 싶었어요. 이번에 폐기된 핵은 잠수함발사탄도미사일의 핵탄두 여덟 기입니다. 한 기당 TNT 당량*은 10만 톤급이고요. 그런데 여덟 기를 나란히 한곳에 정육면체 모양으로 쌓았더군요."

"무슨 문제라도 있나요?"

"기폭 전에 감시 카메라로 봤습니다. 핵탄두로 만든 정육면체 한가운데에 하얀 구체도 있던데요."

선화베이는 다시 한번 발걸음을 멈추고 카빈스키에게 말했다.

"박사, 핵 폐기 조약에서는 무언가를 덜 넣어서는 안 된다고

---

* 핵무기의 폭발력을 나타내는 단위. 핵무기 폭발 시 방출되는 에너지와 같은 에너지를 내는 데 필요한 TNT 폭약의 양을 환산해 나타낸다.

규정하고 있습니다. 무언가를 더 넣는 것에는 제약이 없는 것 같은데요. 폭발 당량을 다섯 가지 방식으로 관측했을 때 아무런 문제가 없다는 게 확인됐으니 그 외의 일에 대해서는 상관없지 않나요?"

카빈스키가 고개를 끄덕였다.

"폭발시킨 후에 묻는 것도 바로 그 이유입니다. 그저 저의 호기심이죠."

"아마 당의*라는 말을 들어보셨을 겁니다."

선화베이의 말은 마치 무슨 주문처럼 갱도 안에 있는 사람들을 얼어붙게 만들었다. 모두가 일제히 제자리에 우뚝 섰고, 여기저기를 가리키던 헤드 랜턴 불빛도 움직임을 멈추었다. 그들의 대화는 방호복 안의 무전 시스템으로 진행되기 때문에 멀리 있던 사람들도 선화베이의 말을 똑똑히 들을 수 있었다. 잠시 적막이 흐른 후 핵사찰 팀원들이 가까이 몰려들었다. 다양한 국적을 가진 그들은 대부분 핵무기 연구 영역의 훌륭한 인재들이었다.

"그게 정말로 존재합니까?"

한 미국인이 선화베이를 뚫어져라 쳐다보며 물었다. 선화베

---

* '설탕 옷'이라는 뜻. 알약 표면에 단맛이 나는 물질로 코팅 처리한 약을 당의정이라고 부른다.

이는 고개를 끄덕였다.

20세기 중엽, 중국이 제1 차 핵실험에 성공했을 때 당시 중국 주석인 마오쩌둥이 처음 한 말은 이랬다. "정말 핵폭발인가?" 고의든 아니든 이 문제를 제기했다는 것은 이에 정통했다는 뜻이다.

핵폭탄의 핵심 기술은 중심을 향한 압축이다. 핵탄두가 폭발할 때 핵물질은 그를 둘러싼 일반 폭약의 폭발력에 의해서 고밀도의 구체로 압축된다. 그리고 구체가 임계밀도*에 이르면 격렬한 연쇄반응으로 핵폭발을 일으키는 것이다. 이 모든 과정은 100만 분의 1초 이내에 발생하며, 핵물질의 압축은 극도로 정확해야만 한다. 압력이 조금이라도 작은 부분이 있어서 불균형이 일어나면 핵물질이 임계밀도에 이르기도 전에 폭발이 일어나고, 그렇게 발생한 폭발은 보통의 화학 폭발과 다를 점이 없기 때문이다.

핵무기가 탄생한 이래, 연구자들은 복잡한 수학모델로 다양한 형태의 압축 폭약을 설계해 냈다. 그리고 근 몇 년간 갖은 최신 기술을 이용하여 정확한 압축에 성공했다. 당의는 바로 이 기술 중 하나였다.

* 어떤 물질이 온도나 압력의 변화 때문에 상태나 속성이 바뀔 때의 밀도.

당의는 일종의 나노 재료이다. 그것으로 핵폭탄 내의 폭발물을 감싸고 다시 일반적인 폭약으로 한 겹 더 감싼다. 이때 당의는 주위의 압력을 균형 있게 전달하는 기능을 한다. 바깥층의 폭발로 생겨난 압력이 균등하지 않더라도 당의만 있다면 감싸고 있는 폭약에 정확한 압축 효과를 줄 수 있는 것이다.

"핵탄두로 둘러싼 그 하얀 구체는 당의로 감싼 합금의 일종입니다. 핵폭발 중에 거대한 압력을 받겠죠. 우리는 핵 폐기 과정과 동시에 한 가지 연구를 진행했습니다. 어쨌든 이런 기회는 흔치 않으니까요. 핵탄두가 전부 없어지고 나면 한동안은 지구상에서 이렇게 큰 압력이 순간적으로 발생할 일이 없잖아요. 거대한 압력을 받았을 때 실험 재료가 무엇으로 변하는지, 어떤 일이 벌어지는지는 아주 흥미로운 일이죠. 우리는 이 연구를 통해서 당의 기술이 민간 영역에서도 빛을 볼 수 있기를 바랍니다."

선화베이의 설명에 한 팀원이 말했다.

"그렇다면 당의 안에 흑연을 넣었겠군요. 그러면 폭발이 있을 때마다 다이아몬드를 얻을 수 있으니까요. 큰 자금이 드는 핵 폐기 공정이 오히려 실속 있는 사업이 됐군요."

헤드폰에서 웃음소리가 들려왔다. 경험이 부족한 팀원은 이런 상황에서 언제나 무시당하기 마련이었다.

"80만 톤급 핵폭발에서 발생하는 압력이 흑연을 다이아몬드로 바꾸는 압력보다 큰지 작은지도 모르다니.”

갑자기 선위안의 낭랑한 목소리가 모두의 헤드폰으로 울려 퍼졌다.

“이 대폭발에서 만들어지는 건 당연히 다이아몬드가 아니죠. 뭔지 제가 알려 드릴게요. 바로 블랙홀이에요! 아주 조그마한 블랙홀이요! 우리를 다 빨아들이고 이 지구도 빨아들일 거예요! 그 블랙홀을 지나면 우리는 더 아름다운 우주 속으로 뚫고 들어 갈 수 있어요!”

“하하, 애야, 이번 폭발은 압력이 너무 작아서……. 선 박사, 당신 아들 머리가 정말 비상하군요!”

카빈스키가 말했다.

“그렇다면 실험 결과는 어떻습니까? 그 합금은 뭐로 변했던 가요? 아마 아직도 못 찾았나 보군요?”

“네, 저도 아직 모르겠네요. 같이 가서 봅시다.”

선화베이가 앞쪽을 가리키며 말했다. 갱도는 핵폭발로 인해 반듯한 구형 모양으로 파여 있었고 바닥은 작은 분지가 되어 있 었다. 멀리 분지의 정중앙에서 움직이는 헤드 랜턴이 보였다.

“당의 실험 프로젝트팀입니다.”

다 함께 분지 중앙을 향해 걸었다. 길고 긴 산비탈을 걸어 내 려가는 느낌이었다. 그때, 카빈스키가 갑자기 멈추어 서서 무릎을 꿇더니 양손을 바닥에 가져다 댔다.

"지하에서 진동이 일어나요!"

다른 사람들도 진동을 느꼈다.

"핵폭발 때문에 일어난 지진은 아니겠죠?"

자오원자가 고개를 저었다.

"폭발 지점이 있는 곳의 지질구조를 몇 번이나 반복해서 조사했어요. 절대로 지진이 일어날 수 없어요. 이 진동은 지진이 아니에요. 폭발 후 곧바로 일어나서 지금까지 멈추지 않고 계속되고 있어요. 덩이원 박사 말로는 당의 실험과 관련이 있다고 했어요. 구체적인 긴 아직 지도 잘 모르지만요."

그들이 분지 중심으로 다가갈수록 지층 깊은 곳에서 전해지는 진동이 강해졌다. 발바닥이 간질간질할 정도였다. 대지 깊은 곳에서 거대한 수레바퀴가 미친 듯이 돌아가기라도 하는 것 같았다. 그들이 분지 중심에 이르자 프로젝트팀 무리에서 한 사람이 일어섰다. 그는 바로 자오원자가 방금 이야기했던 덩이원으로 당의 실험 프로젝트의 책임자였다.

"손에 든 게 뭡니까?"

선화베이가 덩이원의 손에 있는 하얀 덩어리를 가리키며 물었다.

"낚싯줄이요."

덩이원이 대답하면서 땅바닥에 무릎을 꿇고 둥그렇게 모여 앉은 사람들을 양쪽으로 비키게 했다. 그들은 땅바닥에 있는 작은 구멍에서 눈을 떼지 못했다. 그 구멍은 폭발로 녹았다가 다시 굳어진 암석 표면에 나타났다. 지름이 약 10센티미터에 아주 규칙적인 원형이었다. 모서리도 매끈한 것이 마치 드릴로 말끔하게 뚫은 구멍 같았다. 덩이원이 들고 있는 낚싯줄은 끊어지지도 않고 계속해서 구멍 아래로 들어갔다.

"보세요. 벌써 1만 미터나 들어갔는데도 바닥에 닿지 않았어요. 레이더로 관측해 보니 벌써 약 3만 미터 깊이까지 구멍이 생겼고 계속 더 깊어지고 있어요."

"어떻게 생겨난 거죠?"

누군가가 물었다.

"압축된 실험용 합금이 뚫고 내려간 거예요. 지층까지 가라앉았어요. 돌멩이가 수면 위에서 아래로 가라앉는 것처럼 말이죠. 이 진동은 합금이 밀도 높은 지층을 뚫으면서 생기는 겁니다."

"오, 세상에. 이건 정말 기적이에요!"

카빈스키가 경탄을 금치 못했다.

"저는 합금이 핵폭발로 인한 고온 때문에 증발해 버릴 거라고 생각했는데……."

덩이원이 잠시 생각하다가 말을 이었다.

"만약 당의로 감싸지 않았다면 그런 결과가 나왔겠죠. 그런데 이번에는 합금이 증발하기 전에 당의에 전해진 압력이 그것을 새로운 물질 형태로 압축해 냈습니다. 초고체라고 하는 게 비교적 어울리겠네요. 그런데 물리학에서 이미 그 명칭을 쓰고 있으니 우리는 이걸 '신고체'라고 부릅시다."

"그 말은 이 물질과 지층의 질량을 비교하는 게 돌멩이와 물의 질량을 비교하는 것과 같다는 말입니까?"

"그것보다 차이가 더 크죠. 돌멩이가 수면에서 아래로 가라앉는 것은 물이 액체이기 때문입니다. 얼음으로 얼고 나면 밀도의 변화는 크지 않지만 위에 놓인 돌멩이가 아래로 가라앉지 않아요. 그런데 지금 신고체 물질은 고체인 암석을 뚫고 아래로 가라앉고 있으니 그 밀도가 얼마나 크겠습니까!"

"그럼 중성자별*과 같은 물질이 됐다는 말씀이세요?"

덩이원은 고개를 저었다.

"아직은 정확하게 확인되지 않았습니다. 하지만 밀도가 중성자별의 축퇴물질**보다는 훨씬 낮다고 확신합니다. 가라앉는 속도를 보면 알 수 있어요. 만약 진짜 축퇴물질이라면 지층으로

* 중성자로 이루어진 별. 밀도가 아주 높기 때문에 크기는 작지만 질량이 대단히 크다.
** 큰 압력에 의해 입자들이 하나의 상태가 아닌 여러 상태로 존재하는 물질. 축퇴물질로 이루어진 대표적인 사례로 중성자별이 있다.

내려앉는 속도가 운석이 대기층으로 떨어져 내리는 속도만큼 빨라야 해요. 그렇다면 화산 폭발과 대지진이 일어날 겁니다. 그러니까 이 물질은 보통의 고체와 축퇴물질 사이의 어떤 형태일 것 같습니다."

"지구 중심까지 계속 내려가요?"

선위안이 물었다.

"아마 그렇겠지, 꼬마야. 일정한 깊이까지 가라앉고 나면 지층이 액체로 변하거든. 그러면 가라앉기가 더 쉬워지지!"

"우와, 진짜 재밌고 신나요!"

모두의 신경이 그 구멍에 쏠려 있을 때 선화베이 가족 세 사람은 살금살금 무리에서 벗어나 어둠 속으로 멀어졌다. 발아래의 진동만 빼면 이곳은 고요하기만 했다. 세 사람이 마치 끝없는 허공을 떠도는 추상적인 존재임을 드러내기라도 하는 것처럼 그들의 헤드 랜턴 불빛은 얼마 못 가 어둠에 묻혀 버렸다. 세 사람은 통신시스템을 비밀 채널로 조정했다. 여기서 선위안은 일생일대의 선택을 하게 될 것이다. 아빠를 따를 것인가, 아니면 엄마를 따를 것인가.

선위안의 부모는 이혼보다 더 복잡한 상황에 놓여 있었다. 선화베이가 백혈병 말기 상태인 것이다. 선화베이는 병이 핵 연구에 종사한 것과 관련이 있는지 알 수 없었다. 그러나 자신이 이미 반년도 못 살 것이라는 사실만은 확실히 알았다. 다행인 것은 인체 동면 기술이 이미 성숙 단계에 이르렀기 때문에 백혈병을 치료할 기술이 개발될 때까지 냉동 상태로 기다릴 수 있다는 것이었다. 선위안은 아빠와 함께 동면을 했다가 같이 깨어날 수도 있고 엄마와 함께 계속 생활할 수도 있다. 여러 가지를 고려해 볼 때 후자가 역시 현명한 선택이었다. 하지만 선위안은 줄곧 아빠와 함께 미래로 가기를 원했고 선화베이와 자오원자는 지금 다시 한번 아이를 설득하기로 했다.

"엄마, 엄마하고 남을래요. 아빠하고 같이 잠 안 자고요!"

"생각이 바뀐 거니?"

자오원자가 기쁨에 차서 물었다.

"네, 굳이 미래로 가지 않아도 지금이 재밌어요. 방금 그 지구 중심으로 가라앉는 물건 보세요. 얼마나 재밌어요!"

"확실히 결정한 거니?"

선화베이가 물었다. 자오원자가 그에게 눈을 부라렸다. 선위안이 또 생각을 바꿀까 봐 걱정하는 것이 분명했다.

"당연하죠! 전 다시 구멍 보러 갈게요."

선위안은 대답을 마치고는 헤드 랜턴이 번쩍이는 분지 가운데 쪽으로 달려가 버렸다. 자오원자는 선위안의 뒷모습을 바라보며 근심스러운 듯 말했다.

"잘 키울 수 있을지 모르겠어. 애가 당신을 너무 닮아서 하루 종일 자기 꿈속만 헤매고 다니잖아. 아마 미래가 더 맞을 것 같기도 하고."

선화베이가 자오원자의 양어깨를 붙잡고 말했다.

"미래가 어떤 모습일지는 아무도 몰라. 날 닮아서 나쁠 게 뭐 있어. 꿈꾸길 좋아하는 사람도 있어야지."

"꿈속에서 사는 거야 무슨 걱정이야. 내가 당신을 사랑하게 된 것도 바로 그것 때문인데. 당신 정말 우리 애한테 다른 면이 있다는 걸 모르는 거야? 학교에서도 결국은 동시에 두 반의 반장을 맡았잖아!"

"그건 지금 알았는데? 그걸 어떻게 해냈는지 모르겠네."

"권력욕이 너무 심하다고. 게다가 원하는 것을 얻어 내려고 수단과 방법을 가리지 않아. 당신하고는 완전히 달라."

"그래, 그렇게 다른 성격이 하나로 합쳐지기야 하겠어?"

"그러니까 더 걱정이라는 거야."

그때 선위안의 뒷모습이 저 멀리 헤드 랜턴 무리 속으로 들어갔다. 두 사람은 눈길을 거두며 헤드 랜턴을 끄고 어둠 속으로 숨어들었다.

선화베이가 말을 이었다.

"어찌 됐든, 산 사람은 살아야지. 내가 기다리는 기술은 내년에 개발될 수도 있고 한 세기를 기다려야 할 수도 있을 거야. 아니면 아마…… 영원히 나타나지 않을 수도 있고. 당신은 40년은 너끈히 살 테니까 이거 하나만 꼭 약속해 줘. 40년 뒤에 치료 기술이 개발되지 않아도 꼭 나를 깨워 줘. 당신하고 아이를 다시 한번 보고 싶어. 제발 이게 마지막 이별이 되지 않게 해 줘."

어둠 속에서 자오원자는 애처롭게 웃었다.

"미래에 할머니가 된 마누라하고 당신보다 열 살이나 많은 아들을 만나겠다고? 뭐, 어쨌든 당신 말대로 산 사람은 살아야겠지."

둘은 핵폭발로 생겨난 거대한 동굴 속에서 함께하는 마지막 순간을 조용히 보냈다. 내일, 선화베이는 꿈조차 꾸지 않는 긴 잠에 빠져들 것이다. 그리고 자오원자는 꿈속에서 살아가는 선위안과 함께 한 치 앞도 알 수 없는 인생길을 따라 미래를 향해 계속 걸어가야 했다.

74년 후의 소생

선화베이는 꼬박 하루를 보내고서야 완전히 정신을 차렸다. 의식이 깨어나기 시작하자 세상이 뿌연 안개에 싸인 것처럼 보였다. 열 시간이 지난 후, 안개 속에서 희미한 그림자가 나타나 긴 했지만 여전히 희뿌연 느낌이었다. 또 열 시간이 지나자 선화베이는 그 그림자가 의사와 간호사라는 것을 분간해 낼 수 있었다.

동면에 들어간 사람은 시간 감각이 전혀 없다. 그래서 선화베이는 자신이 동면한 시간이 이 몽롱했던 하루 동안이라고 생각했다. 그는 깊은 잠에 빠지고 나서 동면 유지 시스템이 곧바로 고장을 일으킨 것이라고 굳게 믿었다.

시력이 점차 회복되자 선화베이는 병실을 훑어보았다. 평범한 흰 벽, 벽에 설치된 등에서 나오는 부드러운 빛 등 익숙한 광경이 그 느낌을 뒷받침해 주었다. 그러나 선화베이는 자신의 생각이 잘못되었다는 것을 곧바로 알 수 있었다. 병실의 하얀 천장에 갑자기 파란빛이 환하게 나타나더니 그 속에서 하얀 글자가 눈길을 끌었던 것이다.

안녕하세요! 고객님의 동면 서비스를 담당하고 있는 '대지생명냉장회사'가 2089년부로 파산하여, 고객님의 서비스 전체가 '녹운회사'로 이전됐습니다. 일련번호는 WS368200402-1180이며, 대지생명냉장회사와 체결한 계약서상의 모든 권리를 동일하게 누리실 수 있습니다. 고객님은 전체 치료 과정을 거쳐 소생하시기 전에 모든 질병이 치료됐습니다. 새 생명을 얻게 되신 것을 축하드립니다.

고객님의 동면 시간은 74년 5개월 7일 13시간이며, 납입하신 금액 외에 초과된 비용은 없습니다.

오늘은 2125년 4월 16일입니다. 이 시대에 오신 것을 환영합니다!

다시 세 시간이 지나고 나서야 조금씩 청력이 회복되었고 이내 말을 할 수 있었다. 74년의 깊은 잠을 끝낸 선화베이의 첫마디는 "아내와 아들은요?"였다.

침대 맡에 서 있던 호리호리한 여의사가 접혀진 흰 종이를 내밀었다.

"선 선생님, 이건 아내분께서 드리는 편지입니다."

'내가 있던 시대에도 종이에 편지를 쓰는 사람은 거의 없었는데……'

선화베이는 말을 입 밖으로 내지는 않고 의아하다는 눈빛으로 의사를 바라보았다. 그가 아직 굳어 있는 두 손으로 종이를 펼치자 시간을 뛰어넘었음을 알려 주는 두 번째 증거가 나타났다. 종이는 백지상태였지만 곧 푸르스름한 빛을 띠더니 위부터 글자가 나타나 지면을 가득 채웠다. 선화베이는 동면에 들기 전에, 깨어난 자신에게 아내가 할 첫마디가 무엇일지 무수히 상상했었다. 그런데 이 편지는 그의 상상력을 완전히 뛰어넘는 기괴한 내용이었다.

사랑하는 여보, 당신은 지금 위험에 빠졌어!

이 편지를 본다면 나는 이미 세상에 없을 거야. 이 편지를 전하는 사람은 궈 선생님이고 믿을 만한 분이야. 아마 이 세상에서 당신이 유일하게 믿을 수 있는 사람일 거야. 모든 건 그녀가 하라는 대로 하도록 해.

40년 후에 깨우겠다는 당신과의 약속을 깨트린 나를 용서해. 우리 아들 위안은 당신이 상상하지도 못할 인간이 되었고, 당신이 상상도 못 할 일을 저질렀어. 아이를 그렇게 키운 엄마로서 당신 얼굴을 어떻게 봐야 할지 마음이 찢어져. 이미 다 지나간 인생 이제는 부질없지만. 부디 몸조심해.

"내 아들은? 선위안은요?"

선화베이가 안간힘을 다해 몸을 일으키며 물었다.

"5년 전에 죽었습니다."

의사의 냉랭한 대답이 돌아왔다. 그런 소식이 아들의 아버지에게 줄 고통 따위는 조금도 고려하지 않은 말투였다. 그러다 그녀는 아차 싶었는지 선화베이를 위로했다.

"아드님도 78세까지 사셨어요."

궈 선생은 카드 한 장을 건넸다.

"이건 새 ID 카드예요. 안에 저장된 정보는 그 편지에도 전부 쓰여 있습니다."

선화베이는 종이를 이리저리 뒤집어 보았다. 하지만 자오원자의 짤막한 편지 내용 외에는 아무것도 보이지 않았다. 그런데 그가 종이를 뒤집자 구겨진 부분에서 물에서나 생길 법한 물결무늬가 나타났다. 선화베이가 살던 시대에 액정을 손가락으로 눌렀을 때 나타난 현상과 비슷했다. 궈 선생이 그 종이를 다시 가져가 오른쪽 아래 모서리를 꾹 눌렀다. 종이 위에 페이지가 넘어가는 모양이 보이더니 표가 하나 나타났다.

"죄송해요. 진정한 의미의 종이는 이제 더 이상 존재하지 않아요."

선화베이가 이해할 수 없다는 듯 궈 선생을 올려다보았다.

"이제는 숲이 존재하지 않거든요."

궈 선생이 어깨를 으쓱했다. 그러더니 표의 내용을 하나하나 손으로 가리켰다.

"여기서 선생님 성함은 왕뤄입니다. 2097년생, 부모님은 모두 사망하셨고요. 가족이나 친척도 없습니다. 출생지는 후허하오터이지만 지금 거주지는 닝샤의 한 외딴 산촌입니다. 제가 찾아낼 수 있는 가장 이상적인 곳이었어요. 사람들의 주의를 끌지 않을 만한 곳이거든요……. 그래도 그곳에 가기 전에 우선 성형수술부터 하셔야 합니다. 다른 사람들에게 아들에 관해서는 절대로 이야기하지 마세요. 관심은 더더욱 보이지 마시고요."

"아뇨, 난 베이징에서 태어났고 선위안의 아버지예요!"

궈 선생은 몸을 일으키며 차갑게 말했다.

"밖에 나가서 그런 이야기를 떠벌린다면 지금까지 한 동면과 치료가 아무 소용도 없어질 겁니다. 산 채로 한 시간을 못 넘길 거예요."

"도대체 무슨 일이 벌어진 겁니까?"

"이 세상에서 당신 혼자만 모르는 일이요……. 좋아요, 시간이 없으니까 일단 침대에서 내려와 걷는 연습부터 하세요. 곧 여길 떠나야 합니다."

선화베이는 무언가 더 묻고 싶었는데 갑자기 쿵쾅거리는 문소리가 고막을 때렸다. 문이 열리자 예닐곱 사람이 뛰어 들어와 그의 침대 주위를 에워쌌다. 이 사람들은 나이도 제각각이었고 옷차림도 다양했다. 그들은 모두 희한한 모자를 머리에 쓰거나 손에 들고 있었다. 그 모자들은 예전에 농부들이 쓰던 밀짚모자처럼 챙이 어깨너비만 했다. 또 다른 공통점은 모두 투명한 마스크를 쓰고 있다는 것이었다. 그중 어떤 사람은 방으로 들어오자마자 마스크를 벗었다. 일제히 선화베이를 바라보는 그들은 표정이 굉장히 어두웠다.

"이자가 선위안의 아버지요?"

이들 중 가장 나이가 많아 보이는 사람이 입을 열었다. 길게 늘어뜨린 백발 수염에 여든 살은 되어 보였다. 그는 의사의 대답을 기다리지 않고 주위 사람들에게 고개를 끄덕거렸다.

"아들과 닮았군. 의사 양반, 이 환자에 대한 책임은 다 했으니 이제 우리에게 넘겨주시오."

"여기 있다는 건 어떻게 알았죠?"

궈 선생이 차갑게 쏘아붙였다. 노인이 대답하기도 전에 병실 한구석에 있던 간호사가 나섰다.

"저요. 제가 알려 드렸어요."

"환자를 팔아먹다니!"

궈 선생이 돌아서서 화가 난 표정으로 그녀를 노려보았다.

"그럴 수 있어서 너무 기쁜걸요!"

간호사가 대답했다. 그녀의 어여쁜 얼굴이 섬뜩한 미소와 함께 일그러졌다.

한 젊은이가 선화베이의 옷을 그러쥐고 그를 침대 아래로 끌어 내렸다. 긴 동면으로 허약해진 선화베이는 그만 바닥에 쓰러지고 말았다. 그러자 한 여자가 발로 그의 아랫배를 걷어찼다. 뾰족한 구둣발이 배를 뚫어 버릴 것처럼 날아들자 선화베이는 극심한 고통을 느끼며 새우처럼 몸을 웅크렸다. 노인이 억센 손으로 그의 멱살을 붙잡아 일으키더니 대나무처럼 꼿꼿하게 세우려고 했다. 그러나 선화베이가 쉽사리 서지 못하자 손을 놓아 버렸고 그는 다시 땅바닥에 널브러졌다. 뒤통수를 바닥에 찧은 선화베이는 눈앞이 번쩍거렸다. 누군가가 말하는 소리가 들렸다.

"꼴좋다. 이 세상을 말아먹은 저 잡놈한테 이제라도 되갚아 줄 수 있겠군."

"당신들 누구요?"

선화베이가 맥없이 물었다. 사람들의 발에 둘러싸여 올려다

보자니 흉악하고 악랄한 거인들을 보고 있는 것 같았다.

"최소한 나는 누군지 알아봐야지."

노인이 차가운 표정으로 비웃었다. 아래쪽에서 보는 노인의 얼굴은 너무나 기괴해서 선화베이는 간담이 서늘했다.

"덩이원의 아들, 덩양이다."

익숙한 이름에 선화베이는 가슴이 뛰었다. 그는 얼른 몸을 뒤집어 노인의 바짓가랑이를 붙잡고 흥분해서 소리를 질렀다.

"나하고 네 아버지는 동료이자 가장 친한 친구였어. 너하고 내 아들도 같은 반 친구였잖아. 기억 안 나? 세상에, 네가 덩양이라니? 정말 말도 안 돼. 그때는……."

"더러운 손 치워!"

덩양이 으름장을 놓았다. 선화베이를 침대 아래로 끌어 내린 남자가 무릎을 꿇더니 포악하게 생긴 얼굴을 들이댔다.

"잘 들어, 이 자식아. 동면한 기간은 나이로 안 쳐. 너보다 어른이시다. 공경하는 태도를 보여."

"선위안이 지금까지 살아 있었으면 그놈이 네 아버지라고!"

덩양이 큰 소리를 지르자 모두가 박장대소했다. 이어서 덩양이 주위 사람들을 하나하나 가리키며 선화베이에게 소개했다.

"이 녀석은 네 살 때, 부모님이 '중부 이탈 사고'로 한꺼번에 돌아가셨다. 이 아가씨의 부모도 '나사 추락 사고'로 비명횡사

했지. 두 살도 채 되지 않았을 때였어. 그리고 이 양반들은 평생 모아서 투자한 재산을 다 날린 걸 알고는 자살을 하려다 실패하거나 조현병을 얻은 사람들이다⋯⋯. 나는 그 잡놈한테 속아서 내 모든 청춘과 재능을 망할 프로젝트에 쏟아부었고. 그리고 얻은 것은 세상 사람들의 손가락질과 욕뿐이야!"

바닥에 엎드린 선화베이는 어찌 된 영문인지 몰라 고개를 저으며 무슨 말인지 모르겠다는 의사를 표시했다.

"지금 너는 법정에 선 거야. 남극 정원 프로젝트의 피해자로 구성된 법정 말이다! 이 나라의 모든 국민이 피해자이지만 우리만이 이렇게 널 심판할 수 있는 기쁨을 누리게 됐지. 물론 진짜 법정은 이렇게 간단하지가 않아. 네가 살았을 때의 법정보다 더 복잡해졌거든. 그래서 우리는 너를 법정으로 보내지 않을 거야. 네 아들 때 그랬던 것처럼 변호사들끼리 1년을 떠들고 나서 무죄를 선고하게 가만두지 않을 거라고. 우리는 진짜 심판을 할 거다. 한 시간 뒤에 형이 집행되면 너는 70년 전에 백혈병으로 죽는 게 더 행운이라는 걸 알게 될 거야."

사람들이 또다시 섬뜩하게 웃었다. 이어서 두 사람이 선화베이의 양팔을 붙잡고 문 밖으로 끌고 나갔다. 그의 두 다리가 힘없이 바닥에 질질 끌렸다. 선화베이에게는 반항할 힘조차 없었다.

"선 선생님, 저는 최선을 다했어요."

선화베이가 끌려 나가는 찰나에 궈 선생이 뒤에서 소리쳤다. 그는 아내가 말한 이 냉혹한 세상에서 유일하게 믿을 만한 사람인 그녀를 돌아보려 했다. 그러나 끌려가는 상태로는 도저히 고개를 돌릴 여력이 없어서 궈 선생의 목소리를 듣는 것 말고는 아무것도 할 수 없었다.

"너무 슬퍼하지 마세요. 이런 세상에서는 사는 것마저도 녹록지 않으니까요."

선화베이가 문밖으로 나서자 궈 선생이 고함치는 소리가 들려왔다.

"빨리 문부터 닫아. 공기정화기 세게 틀고. 숨 막혀 죽으라는 거야?"

선화베이의 운명 따위는 안중에도 없는 말투였다. 밖으로 나서자 그는 궈 선생이 마지막으로 한 말의 뜻을 알 수 있었다. 코를 찌르는 냄새가 공기 중에 섞여 있어 숨을 쉴 수가 없었다.

선화베이는 붙잡힌 채 병원 복도를 걸었다. 정문을 나서자 양쪽의 두 사람은 아예 그의 팔을 그들의 어깨에 걸쳐 부축했다. 선화베이는 바깥 공기를 마음 놓고 한껏 들이켰다. 그런데 코로 들어온 것은 그가 생각한 신선한 공기가 아니었다. 병원 건물 안보다 더 더럽고 숨 막히는 공기가 폐로 들어와 속을 쓰리게 했다. 기침도 끊이지 않고 터져 나왔다. 선화베이가 기침으로 숨이 넘어가려 하자 누군가가 말했다.

"호흡막을 씌워 주죠. 안 그러면 집행도 하기 전에 뒈질 것 같아요."

이어서 누군가가 선화베이의 코와 입에 무언가를 씌워 주었다. 고약한 냄새가 다른 냄새로 바뀐 것뿐이었지만 최소한 숨은 편안하게 쉴 수 있었다. 또 누군가가 말했다.

"방호모는 주지 마요. 어차피 자외선이 또 백혈병을 일으킬 때까지는 살 수도 없을 테니까."

그 말에 다른 사람들은 또 한 번 기괴한 미소를 지었다. 호흡이 안정되고 기침으로 흘린 눈물이 시야를 깨끗이 씻어 내자, 선화베이는 고개를 들고 처음으로 미래 세계를 마주했다.

제일 먼저 길가에 오가는 사람들을 보았다. 그들은 모두 호흡막이라고 불리는 투명한 마스크와 방호모라고 하는 커다란 밀짚모자를 쓰고 있었다. 날씨가 매우 더웠지만 하나같이 옷으로 몸을 꽁꽁 싸매어 피부를 노출한 사람이 없었다. 그다음으로 선화베이는 주변을 둘러보았다. 마치 깊은 협곡 안에 있는 느낌이었는데 이 협곡은 구름 위로 솟아오른 초고층 빌딩으로 만들어진 협곡이었다.

구름 위로 솟아올랐다는 말은 전혀 과장이 아니었다. 이곳의 빌딩들은 정말 잿빛 구름 위까지 뻗어 있었다. 빌딩 협곡 사이

비좁은 하늘의 구름 위로 태양이 희미하게 비쳤다. 그 빛이 어두운 구름을 비추자 선화베이는 하늘을 뒤덮은 것이 구름이 아닌 연기와 먼지라는 것을 알게 됐다.

"정말 위대한 세상이지, 안 그래?"

덩양이 말했다. 그의 동료들이 "하하" 소리를 내며 크게 웃었다. 오랜만에 이렇게 즐거워하는 것 같은 모습이었다.

선화베이는 멀지 않은 곳에 있는 차까지 부축을 받았다. 모양에 변화가 있었지만 그것은 분명 자동차였다. 예전의 승용차만 했고 몇 명이 탈 수 있는 크기였다. 그때 그들을 스쳐 지나가는 두 사람이 있었다. 헬멧을 쓰고 있었고 옷차림도 예전과 크게 다르지 않아 선화베이는 그들의 신분을 한눈에 알아볼 수 있었다. 그래서 곧장 그들을 향해 외쳤다.

"사람 살려! 납치예요! 살려 주세요!"

경찰관 두 명이 재빨리 돌아보고는 달려와 선화베이를 살펴보았다. 그가 입은 환자복과 맨발 차림을 유심히 본 경찰관이 물었다.

"당신 방금 깨어난 동면 인간이오?"

선화베이가 힘없이 고개를 끄덕였다.

"이 사람들이 저를 납치했어요……."

다른 경찰관이 그에게 고개를 끄덕였다.

"선생, 이런 일은 흔합니다. 요즘 깨어나는 동면 인간의 수가 아주 많아서요. 당신들을 그대로 보존하기 위해서 사회 보장 자원을 대량으로 소모했습니다. 그래서 미움을 받거나 공격당하는 일이 자주 일어나고 있어요."

"그런 게 아니라……."

선화베이가 이야기하려 했지만 경찰관은 손을 들어 그의 말을 막았다.

"선생, 선생은 지금 안전합니다."

그리고 덩양 무리에게 말했다.

"이분은 아직 치료가 더 필요해 보이는데요. 당신들 중에 두 사람이 병원으로 데리고 가세요. 이 경관이 함께 가서 상황을 파악할 겁니다. 그리고 당신들 일곱 명은 납치 혐의로 체포합니다."

말을 마친 경찰관은 무전기로 지원을 요청했다. 덩양이 얼른 그를 제지했다.

"잠시만, 경찰관님. 저희는 동면 인간을 공격하는 폭도가 아닙니다. 이 사람 좀 잘 보세요. 낯익은 얼굴 아닙니까?"

두 경찰관은 선화베이의 호흡막까지 잠깐 벗겨 가며 꼼꼼히 살펴봤다.

"이 사람……. 어, 미시시 같은데?"

"미시시가 아니라 선위안의 아버지입니다!"

두 경찰관은 귀신이라도 본 듯 눈을 동그랗게 뜨고 덩양과 선화베이를 번갈아 보았다. 중부 이탈 사고에서 살아남은 고아가 그들을 한쪽으로 끌고 가 무언가 낮게 속삭였다. 두 경찰관은 자꾸만 고개를 돌려 선화베이를 쳐다보았다. 볼 때마다 눈빛이 달라졌지만 마지막으로 바라보는 표정에서 선화베이는 그들이 이미 덩양 무리와 한 패가 되었다는 사실을 읽어 낼 수 있었다.

두 경찰관이 다가왔다. 그들은 선화베이에게는 눈길조차 주지 않았다. 한 사람은 주위를 경계하며 보초를 서고, 다른 한 사람은 곧바로 덩양 앞으로 가서 조용히 이야기했다.

"우리는 못 본 척하지요. 절대 사람들이 알아보지 않도록 해요. 안 그러면 소란이 일어날 겁니다."

선화베이를 무섭게 한 것은 경찰관이 말하는 내용이 아니라 말하는 태도였다. 그는 선화베이가 듣건 말건 신경도 쓰지 않았다. 그를 마치 무생물처럼 취급했다.

그들은 선화베이를 차에 쑤셔 넣고 자기들도 올라탔다. 차가 출발하는 동시에 유리창이 불투명하게 변했다. 차는 자동으로 운행됐다. 운전하는 사람도 없고 수동으로 조종할 수 있는 장치도 전혀 없었다. 가는 내내 아무도 말이 없었다. 숨 막히는 침묵을 깨트리기 위해 선화베이가 아무렇게나 물었다.

"미시시가 누구요?"

"영화배우요."

옆에 앉아 있던 나사 추락 사고로 부모를 잃은 여자가 대답했다.

"당신 아들 역을 연기해서 유명해졌어요. 선위안하고 외계의 사탄이 요즘 영화나 텔레비전에서 제일 자주 출현하는 악당이거든요."

선화베이는 불안한 듯 몸을 움츠려 그녀와 조금 떨어져 앉았다. 그 순간, 팔이 실수로 창문 아래의 버튼에 닿자 창문 유리가 투명히 변했다. 밖을 바라보니 차가 기대하고 복잡한 입체 교차로 위를 달리고 있었다. 교차로 위는 많은 차들로 붐볐고 앞차와 뒤차의 간격은 2미터가 채 되지 않았다. 그런데 너무나 놀라운 점은 전혀 길이 막히지 않는다는 것이었다. 모든 차들은 길이 막힐 때처럼 가까운 거리를 유지하며 고속주행을 하고 있었다. 시속 100킬로미터는 거뜬히 넘어 보였다. 차가 빠르게 이동하는 둥그런 입체 교차로는 자동차로 만들어진 초고속 턴테이블 같았다.

그들이 탄 차는 놀라운 속도로 한 길목을 향해 방향을 잡았다. 차가 길목으로 들어서려 하자 차량의 흐름 속에서 빈 공간이 나타나 그들을 맞이했다. 이 공간은 알아차리지도 못할 만큼 빠른 속도로 계속 나타났고, 두 갈래 길의 빠른 교통 흐름을 감쪽같이 하나로 합쳐 버렸다. 자동차가 무인으로 운행되고 있다는 것은 이미 예상한 바였다. 그런데 이제 보니 인공지능은 도로 이용에 그 발전의 끝을 보이고 있었다.

뒤에 앉은 사람이 손을 뻗어 유리를 불투명하게 조절했다.

"당신들 정말 나를 아무것도 모르는 상태로 죽일 겁니까?"

선화베이가 물었다. 앞줄에 앉은 덩양이 흘긋 뒤를 돌아보더니 하는 수 없다는 듯 이야기했다.

"그럼 간단하게 이야기해 주지."

–

남극 정원

"상상력이 풍부한 사람이라도 현실에서는 닭 한 마리도 제대로 못 잡을 정도로 무력한 경우가 많지. 반대로 역사의 흐름을 쥐고 있는 현실 속의 강자는 대부분 상상력이라고는 없는 빈곤한 뇌를 가지고 있고. 그런데 네 아들은 역사상 몇 안 되는, 이 두 가지를 모두 가진 사람이었어. 평소 현실이라는 존재는 그에게 환상이라는 바닷속에 있는 외딴섬일 뿐이었지. 하지만 그는 무언가를 원하면 자신의 세계를 완전히 뒤집어엎을 수 있었어. 환상을 작은 섬으로 그리고 현실을 바다로 삼는 거지. 그리고 이 두 바다 모두에서 그는 최고의 뱃사람이었어……."

"내 아들은 나도 잘 아니 시간 낭비할 필요 없어."

선화베이가 덩양의 말을 잘랐다.

"그렇지만 너는 선위안이 현실에서 얼마나 높은 지위에 올랐는지, 얼마나 큰 권력을 누렸는지 상상도 못 할 거야. 덕분에 그는 자신의 가장 변태적인 망상을 현실로 바꿀 능력을 얻었지. 안타깝게도 세상은 그 위험을 미리 알아채지 못했어. 역사상 그런 사람이 또 있었을 수는 있겠지만 그들은 지구를 스쳐 지나가는 소행성처럼 자신의 능력을 세상에 펼치지 못하고 우주로 사라져 버렸어. 그런데 불행히도 역사는 네 아들에게 미친 망상을 재난으로 바꿀 기회를 주고 말았던 거야.

네가 동면에 들고 나서 5년째 되던 해, 남극대륙을 향한 나라 간 경쟁이 초보적인 합의에 이르렀어. 남극대륙이 지구 전체의 공동 개발 구역으로 확정된 거지. 하지만 강대국들은 서로 넓은 경제구역을 얻으려고 했어. 하루라도 빨리 남극대륙 경제구역을 번성시키고 자원을 개발하는 것이 환경오염과 자원 고갈로 인한 경제 침체를 벗어날 유일한 희망이었던 거지. '지구 정상에 오르자'는 그 당시 모르는 사람이 없는 구호였어.

바로 그때, 네 아들이 그 말도 안 되는 상상을 제안한 거야. 이 상상이 실현되면 남극대륙을 중국의 앞마당으로 만들 수 있다고 했지. 베이징에서 남극까지 가는 게 베이징에서 톈진까지 가는 것보다 더 편리하다고 말이야. 비유가 아니라 진짜였어. 남극까지 가는 데 소요되는 시간이 톈진에 가는 것보다 더 짧았다고. 자원 소모나 환경오염도 더 적게 일어났고 말이야.

처음에 유명 텔레비전 강연에서 이 이야기를 시작했을 때, 온 국민이 코미디라도 본 것처럼 함께 비웃었지. 그러다가 사람들은 금세 조용해졌어. 이 상상이 정말로 실현 가능하다는 것을 알았거든! 이게 바로 '남극 정원 프로젝트'였어. 나중에 실제로 그 계획에 따라 재난과 같은 일들이 벌어지게 됐고."

여기까지 이야기한 후 덩양은 별안간 침묵했다.

"계속 말해 봐. 남극 정원 프로젝트가 어떤 거지?"

선화베이가 그를 재촉했다.

"너도 알 거야."

덩양이 차갑게 말했다.

"무슨 말이야. 최소한 힌트라도 줘야지. 내가 이 모든 것과 무슨 관계가 있는지."

"네가 선위안의 아버지잖아. 이거면 된 거 아닌가?"

"요즘도 그렇게 핏줄을 따진단 말인가?"

"당연히 아니지. 그런데 네 아들이 셀 수 없이 말했거든. 핏줄이 자기한테 가장 큰 영향을 미쳤다고. 그놈이 세계적으로 유명해지자 자기 사상과 인격은 대부분 여덟 살 전에 아버지로부터 형성된 거라고 그렇게 선전을 해 댔지. 그때 이후의 세월은 그저 지식을 보충하는 것에 그쳤다고 말이야. 그리고 남극 정원의 최초 창시자가 바로 아버지라고 했어."

"뭐라고? 나? 남극…… 정원? 그건 완전히…….."

"내 말 끝까지 들어. 너는 남극 정원 프로젝트에 기초적인 기술까지 제공했어."

"뭘 말하는 거지?"

"당연히 신고체 물질이지. 그게 없었다면 남극 정원 프로젝트는 잠꼬대 같은 말일 뿐이었겠지. 하지만 그게 있었기 때문에 그 미친 망상이 진짜로 현실이 된 거야."

선화베이는 혼란에 빠져 고개만 저었다. 초고밀도인 신고체 물질이 어떻게 남극대륙을 중국의 앞마당으로 만들었는지 도저히 알 길이 없었다.

그때, 차가 멈춰 섰다.

지옥의 문

차에서 내리자 기괴하게 생긴 작은 산이 보였다. 온통 녹슨 쇠처럼 적갈색으로 뒤덮여 풀이라고는 한 포기도 찾아볼 수 없는 민둥산이었다. 덩양이 산을 향해 머리를 까딱하고는 말했다.

"이건 철산이야."

선화베이의 이상한 눈빛에 덩양은 한마디를 덧붙였다.

"커다란 쇳덩어리라고."

주위를 둘러보자 주변에 이런 산이 몇 개 더 보였다. 이상한 색깔을 띠는 산이 광활한 평원에 덩그러니 놓여 있어 이국적인 풍경을 자아냈다.

선화베이는 이제 걸을 수 있을 정도로 회복했다. 그는 저 멀리 있는 높은 건물을 향해 걷는 사람들을 따라 비척비척 발걸음을 옮겼다. 그 건물은 완전한 원기둥 모양이었다. 족히 수백 미터는 되어 보이는 높이에 외관 전체가 반질반질했고 출입구가 하나도 없었다. 그들이 가까이 다가가자 무거운 철문이 쿠당탕 하고 한쪽으로 미끄러지듯 열리며 입구가 나타났다. 일행이 안으로 들어가고 문은 뒤에서 굳게 닫혔다.

어둡고 희미한 불빛 아래, 선화베이는 그들이 밀폐된 캡슐 같은 공간에 들어온 것을 느꼈다. 매끈하고 하얀 벽에는 우주복 같은 방호복이 한 줄로 걸려 있었다. 사람들은 각자 벽에서 방호복을 집어서 입기 시작했다. 선화베이도 다른 두 사람의 도움으로 그중 한 벌을 입었다. 그는 옷을 입으며 사방을 살펴보았다. 맞은편에 굳게 닫힌 밀폐문이 하나 더 있었고 문에는 빨간불이 켜져 있었다. 빨간 불 옆에서는 숫자가 빛을 발하고 있었다. 아마 대기압 수준을 나타내는 것 같았다.

무거운 헬멧을 쓰자 마스크의 오른쪽 상단 모서리에 투명한 액정 표시 화면이 나타나 숫자와 도형이 빠르게 변했다. 방호복 내부에 있는 각 시스템을 점검하는 상황이라는 것을 알 수 있었다. 이어서 외부에서 나지막이 윙윙거리는 소리가 들려왔다. 어떤 설비가 작동된 것 같았다. 맞은편 문에 표시되던 대기압 수치가 급속도로 떨어졌다. 약 삼 분이 지나자 숫자가 0으로 떨어졌고 빨간 불이 초록 불로 바뀌었다. 이윽고 문이 열리고 밀폐된 건물의 깜깜한 내부가 모습을 드러냈다. 선화베이는 자신의 추측을 확신했다. 이곳은 대기 구역에서 진공 구역으로 통하는 공간이었다. 그렇다면 이 거대한 원기둥 건물의 내부는 진공이라는 뜻이었다.

모두가 함께 입구로 들어갔다. 문이 또다시 뒤에서 닫히고 그들은 짙은 어둠에 싸였다. 몇 사람의 방호복 헬멧에서 어둠을 가로지르는 빛줄기가 나왔지만 멀리까지 비추지는 못했다. 선화베이는 익숙한 느낌이 들어 자기도 모르게 몸서리를 쳤다. 마음속으로 알 수 없는 두려움이 밀려들었다.

"앞으로 걸어가."

선화베이의 헤드폰에서 덩양의 목소리가 들렸다. 불빛이 앞쪽에 있는 작은 다리를 비추었다. 폭이 1미터도 되지 않는 다리였다. 반대쪽 끝이 어둠에 가려 길이가 얼마나 되는지 보이지 않았다. 다리 아래 역시 칠흑 같은 어둠뿐이었다. 선화베이는 덜덜 떨리는 두 다리로 겨우 다리 위에 올라갔다. 방호복의 무거운 장화가 얇은 철판 위에서 텅텅 울리는 소리를 냈다. 선화베이는 몇 미터쯤 걷다가 뒷사람들이 따라오는지 보려고 고개를 돌렸다.

그때 모든 불빛이 한꺼번에 꺼지고 어둠이 모든 것을 삼켜 버렸다. 그러나 몇 초 후, 다리의 아래쪽에서 갑자기 파란빛이 나타났다. 뒤를 돌아보아도 다리 위에 있는 것은 선화베이 혼자였

다. 다른 사람들은 모두 다리 입구 옆에 나란히 서서 그를 보고만 있었다. 아래에서 위로 비쳐 오는 파란빛 속에서 그들은 유령처럼 보였다. 선화베이는 다리 난간에 기대 겨우 아래를 내려다보았다. 피가 얼어붙을 것 같은 공포가 엄습했다.

선화베이는 깊은 수직갱 위에 서 있었다.

이 갱은 지름이 약 10미터였고, 내벽에는 일정한 거리마다 빛의 고리가 있어서 어둠 속에서 갱의 존재를 드러내 주었다. 선화베이는 갱 입구를 가로지르는 다리의 정중앙에 서 있었다. 갱의 바닥은 보이지 않았고 내벽에 있는 무수히 많은 빛의 고리만 점점 작아져 점이 됐다. 마치 파란빛을 뿜어내는 과녁을 내려다보고 있는 것 같았다.

"지금부터 심판을 집행하겠다. 네 아들이 진 빚을 전부 갚아라!"

덩양이 큰 소리로 말하고는 다리에 설치된 수레바퀴 같은 손잡이를 돌렸다. 그는 계속해서 무언가를 중얼거렸다.

"잃어버린 내 청춘과 재능을 위해……."

다리가 한쪽으로 조금 기울어졌다. 선화베이는 반대편 난간을 질끈 붙잡고 중심을 잡으려 노력했다. 덩양이 손잡이를 중부 이탈 사고에서 살아남은 고아에게 넘겨주었다. 이번에는 그가 손잡이를 힘껏 돌렸다.

"녹아 버린 내 아버지와 어머니를 위해서……."

다리가 기울어진 각도가 더 커졌다. 손잡이는 또 나사 추락 사고로 고아가 된 여자의 손으로 넘어갔다. 여자는 선화베이를 노려보며 손잡이를 돌렸다.

"증발해 버린 내 아버지와 어머니를 위하여……."

재산을 모두 잃고 자살을 시도했던 사람이 여자의 손에서 손잡이를 낚아챘다.

"내 돈을 위해, 내 롤스로이스와 링컨을 위해, 내 해변 별장과 수영장을 위해, 망쳐 버린 내 인생을 위해 그리고 차가운 길바닥에서 구호품을 받으려고 줄을 서던 내 아내를 위해……."

다리는 이미 90도로 기울어졌다. 선화베이는 이제 위쪽 난간을 붙잡고 아래쪽 난간 위에 걸터앉은 상태였다.

재산을 모두 잃고 조현병을 앓은 사람이 달려들어 자살 시도를 한 사람을 도와 손잡이를 돌렸다. 그는 병이 아직 낫지 않아 아무 말도 못 하고 깊은 갱도를 바라보며 웃기만 했다. 다리는 완전히 뒤집어졌고 선화베이는 두 손으로 난간을 붙잡은 채, 깊은 갱도 위에 대롱대롱 매달려 있었다.

이제는 두려움도 느껴지지 않았다. 발아래 깊이를 알 수 없는 지옥의 문을 바라보니 길지 않았던 삶이 번개처럼 뇌리를 스쳤다. 선화베이의 유년과 소년 시절은 회색빛 풍경이었다. 그 시절에는 즐겁거나 행복한 일이 별로 없었다. 사회에 나오고 나서 선화베이는 학술적으로 성공을 거두었고 당의 기술을 발명했다. 하지만 삶은 그를 가만두지 않았다. 선화베이가 인간관계에서 발버둥 칠수록 더욱더 그의 발목을 잡았다. 그는 진정한 사랑이라는 것을 느껴 보지 못했다. 결혼은 어쩔 수 없는 선택이었고, 아이를 낳지 않겠다고 결심했지만 아이가 세상에 태어나 버렸다……

선화베이는 자신만의 생각과 꿈속에서 사는 사람이었다. 사람들 대다수가 싫어하는 별난 인간이었기에 한 번도 진심으로 사람들 틈에 섞여 본 적이 없었다. 선화베이의 삶은 언제나 외톨이 같았고, 흐르는 물을 반대로 거슬러 오르는 듯 고통스러웠다. 한때는 희망적인 미래를 기대했지만 꿈꾸던 미래는 지금과 같은 결과를 낳았다. 이미 세상을 떠난 아내, 인류 공공의 적이 된 아들, 오염된 도시, 복수로 이성을 잃은 사람들……. 이 모든 것들 덕분에 선화베이는 이 시대와 자신의 삶에 아무런 미련이 남지 않았다. 원래는 죽기 전에 사건의 진상을 꼭 알아야 한다고 생각했지만 이제는 아무래도 상관없었다. 선화베이는 피곤한 나그네였고 그저 이곳을 벗어나기만을 갈망했다.

갱 옆에 있는 사람들의 환호성 속에서 선화베이는 두 손을 놓고 파란빛을 내는 운명의 과녁으로 떨어졌다.

선화베이는 눈을 감고 추락하는 동안 무중력 상태로 빠져들었다. 몸이 마치 투명해진 것처럼 감당할 수 없었던 무게가 전부 그에게서 떨어져 나갔다. 일생의 마지막 몇 초가 남았다고 생각한 순간, 선화베이의 머릿속에서 별안간 노래 한 곡이 떠올랐다. 아버지가 그에게 가르쳐 준 구소련의 오래된 가곡이었다. 선화베이가 동면에 들기 전 시대에도 부를 수 있는 사람이 없어서, 모스크바에 방문했을 때 아는 사람을 찾길 바랐지만 러시아에서도 이미 잊힌 곡이었다. 그래서 결국 이 곡은 그만의 곡이 됐다. 갱도의 바닥에 닿기 전에 속으로 한두 소절밖에 부를 수 없을 것 같았다. 그러나 자신의 영혼이 결국 육체를 떠나고 나면 이 노래가 다른 세상에서 계속될 거라고 믿었다.

어느덧 느릿느릿한 선율의 노래를 마음속으로 절반이나 불렀다. 시간이 한참 흘렀고, 갑자기 정신이 돌아온 선화베이가 눈을 번쩍 떴다. 자신의 몸이 파란빛을 끊임없이 통과하고 있었다. 선화베이는 여전히 떨어지고 있었다.

"하하하하……."

선화베이의 헤드폰에서 덩양의 미친 웃음소리가 들려왔다.

"곧 죽는다니 느낌이 나쁘지 않지?"

선화베이는 아래쪽을 보았다. 파란빛을 쏘는 동심원이 자꾸만 다가왔고 계속해서 맨 위에 있는 가장 큰 원을 꿰뚫었다. 원의 중심에서는 자꾸만 작은 원이 생겨나 점점 커지며 그에게 다가왔다. 위를 올려다보니 마찬가지로 동심원이 아래쪽과 정반대로 멀어지고 있었다.

"이 갱도는 얼마나 깊지?"

"걱정 마. 언젠가는 바닥에 닿을 테니까. 갱도 바닥은 단단하고 매끈한 강철판이야. 쩍 달라붙으면 네 고깃덩어리 같은 몸은 종잇장보다 더 얇아질걸! 하하하하……."

그때 선화베이는 마스크 오른쪽 상단의 액정에 나타난 것을 발견했다. 화면에 빨간 글자가 떴다.

지구 표면에서 100킬로미터 하강, 초속 1.4킬로미터입니다.
모호로비치치불연속면을 통과, 지각에서 맨틀로 진입했습니다.

선화베이는 다시 눈을 감았다. 이제 노래는 온데간데없고 머릿속이 컴퓨터처럼 빠르게 돌아갔다. 30초 후 다시 눈을 떴을 때 그는 모든 것을 알 수 있었다. 이곳이 바로 그 남극 정원 프로젝트였다. 단단하고 매끈한 강철 바닥 따위는 존재하지 않았다. 이 갱도에는 바닥이 없었다.

이것은 지구를 관통하는 터널이었다.

지구 터널

"한 지점으로 가는 건가? 아니면 지구 중심을 관통하는 건가?"

선화베이가 자신의 생각을 말로 풀어놓았다.

"역시 머리가 좋군. 이렇게 빨리 알아내다니!"

덩양이 감탄했다.

"아들하고 닮은 게지."

누군가가 말을 덧붙였다. 중부 이탈 사고에서 살아남은 고아인 것 같았다.

"지구 중심을 뚫는다. 중국의 모허에서 출발해 지구를 뚫고 남극대륙의 최동단인 남극반도에 도착하지."

덩양이 선화베이에게 대답했다.

"조금 전 그곳이 모허?"

"그래, 지구 터널의 출발점이 되면서 번영하기 시작했지."

"내가 알기로는 그곳에서 지구를 관통하면 아르헨티나 남부로 가게 되는데."

"그렇지. 하지만 터널은 미세하게 굽어 있어."

"터널이 굽어 있다면 내가 터널 벽에 부딪히는 것 아닌가?"

"만약 터널이 직선으로 똑바르게 아르헨티나로 뻗어 있다면 너는 분명 부딪히게 될 거다. 그런 직선 터널은 양극 사이의 지축을 관통할 때나 실현 가능하지. 지축과 일정한 각도를 이루고 있는 터널에서는 반드시 지구의 자전을 고려해야 해. 이 터널은 네가 미끄러지듯이 통과하도록 알맞게 굽어 있다."

"허, 정말 위대한 프로젝트군!"

선화베이는 감탄을 금치 못했다.

지구 표면에서 300킬로미터 하강, 초속 2.4킬로미터입니다.

맨틀 연약권으로 진입했습니다.

선화베이는 자신이 고리를 통과하는 속도가 점점 빨라지는 것을 보았다. 아래쪽과 위쪽 동심원의 밀도도 점점 높아졌다.

"지구를 관통하는 터널 건설이 전혀 새로운 생각은 아니지. 18세기에도 두 사람이 이런 구상을 내놓았거든. 하나는 모페르튀이라고 하는 수학자였고, 다른 하나는 그 유명한 볼테르지.

나중에 프랑스의 천문학자 플라마리옹이 또 이 이론을 제창했어. 그리고 지구의 자전에 대해서도 언급했고……."

선화베이가 덩양의 말을 끊었다.

"그러면 이 생각이 어떻게 나한테서 왔다는 거지?"

"앞선 사람들의 이론은 생각에 그쳤어. 하지만 너의 그 생각은 한 사람한테 영향을 미쳤고, 그 사람은 자신의 악마 같은 재능을 이용해 이 미친 생각을 현실로 만들어 놓았지."

"하지만…… 나는 선위안이 이런 이야기를 한 걸 들은 기억이 없어."

"건망증이 심하군. 훗날 인류의 역사를 바꿀 생각을 해 놓고도 잊어버렸다니."

"정말로 생각이 나지 않아."

"그럼 그 벨구아르도라는 아르헨티나인하고 그 사람이 당신 아들한테 준 생일 선물은 기억하겠지?"

지구 표면에서 1,500킬로미터 하강, 초속 5.1킬로미터입니다.

맨틀 중간권으로 진입했습니다.

선화베이는 결국 기억을 떠올렸다. 선위안의 여섯 번째 생일이었다. 선화베이는 베이징에 있는 아르헨티나 물리학자 벨구아르도 박사를 집으로 초대했다. 당시 남미에서 급부상한 두 강대국 중 하나인 아르헨티나는 남극대륙 중 큰 땅덩어리를 자신의 영토로 요구했다. 그리고 국민들을 대거 남극으로 이주시키는 동시에 핵무기 개발에 박차를 가해 전 세계를 두려움에 떨게 만들었다. 나중에 전 세계의 비핵화 과정에서 아르헨티나는 자연히 핵보유국의 신분으로 유엔의 핵 폐기 위원회에 참여하게 됐다. 선화베이와 벨구아르도는 둘 다 이 위원회의 기술 팀 소속 전문가였다.

그때 벨구아르도가 선위안에게 준 선물은 최신 유리 원료로 제작된 지구본이었다. 그 유리는 아르헨디나의 기술 수준이 비약적으로 발전했다는 것을 아주 구체적으로 보여 주었다. 굴절률을 공기와 완전히 똑같이 만들어서 유리구의 존재는 눈으로 인식되지 않고 지구본 위의 대륙만 마치 양극 사이에 떠 있는 것처럼 보였다. 선위안은 이 선물을 썩 마음에 들어 했다.

저녁 식사 후 이야기를 나누는데 벨구아르도가 신문을 꺼내 정치풍자 만화를 한 편 보여 주었다. 아르헨티나의 축구 스타가 지구를 발로 차고 있는 그림이었다.

"전 이게 마음에 들지 않아요. 중국인들은 우리 나라에 대해 축구밖에 모르는 것 같아요. 그리고 이걸 국제정치에 대입했어요. 당신들 눈에는 아르헨티나가 공격성 가득한 나라로밖에는 안 보이죠."

"이걸 아셔야 합니다. 아르헨티나는 어쨌든 지구상에서 중국과 가장 거리가 먼 나라입니다. 지구의 정반대편에 있잖아요."

자오원자가 미소를 띠며 선위안의 손에서 그 투명한 지구본을 받아 들었다. 중국과 아르헨티나는 투명한 구체를 사이에 두고 하나로 겹쳐 보였다.

"사실 저한테는 두 나라가 원활히 교류하게 만들 방법이 있습니다."

선화베이가 지구본을 가져가며 말했다.

"중국에서 지구 중심을 꿰뚫는 터널을 파면 돼요."

"그 터널은 1만 2000여 킬로미터나 되겠군요. 비행기 노선보다 얼마 짧지도 않은데요."

"하지만 이동시간은 많이 단축될 겁니다. 상상해 보세요. 여행 가방을 메고 터널 이쪽에서 뛰어든다면……."

선화베이는 정치적인 화제를 다른 곳으로 돌리고 싶었고 이에 성공했다. 벨구아르도가 큰 흥미를 보인 것이다.

"미스터 선, 당신의 사고방식은 언제나 남다르군요……. 한번 봅시다. 내가 터널로 뛰어들면 계속 속력이 붙겠죠. 물론 가속도는 하강하는 깊이에 따라서 점점 줄어들겠지만 속력은 지구 중심에 이를 때까지 계속 증가할 겁니다. 지구 중심을 통과할 때, 내 속력은 최대치에 도달할 거고 가속도는 0이 되겠죠. 그 이후로는 감속하면서 지구 반대쪽 지표로 상승하기 시작할 것입니다. 내가 상승함에 따라 감속도 수치는 계속 커져서 지구 반대쪽 아르헨티나 지면에 도착했을 때는 속도가 0이 되겠죠. 만약 중국으로 돌아오고 싶으면 그쪽에서 아래로 뛰어내리기만 해도 될 거예요. 원한다면 남반구와 북반구 사이를 영원히 오가는 왕복운동을 할 수도 있고요. 음, 정말 멋지네요. 그런데 이동 시간은……."

"한번 계산해 봅시다."

선화베이가 컴퓨터를 켰다. 계산 결과는 금방 나왔다. 지구의 평균밀도가 이상적인 상태일 때 중국에서 지구 터널로 뛰어들어 1만 2000여 킬로미터를 가로지르면 아르헨티나에 도착하는 데 42분 12초가 걸린다고 했다.

"아주 경제적인 여행이군요!"

벨구아르도가 기뻐했다.

지구 표면에서 2,800킬로미터 하강, 초속 6.5킬로미터입니다.

구텐베르크·비헤르트불연속면을 통과, 지구핵으로 진입했습니다.

추락 중인 선화베이에게 덩양의 목소리가 또다시 들려왔다.

"그날 밤, 넌 전혀 몰랐겠지. 네 아들이 총기 어린 두 눈을 동 그랗게 뜬 채 넋을 잃고 네 말을 들었다는 사실을 말이야. 그리고 이건 더 몰랐을 거야. 그 아이가 침대 밑에 있는 투명한 지구본을 들여다보느라 밤새도록 한숨도 자지 않았다는 걸. 너무나 당연하게도, 네가 아들에게 이런 식으로 영향을 미친 건 수도 없이 많을 거야. 선위안의 마음속에 망상의 씨앗을 수없이 뿌린 거지. 이건 그중에서 꽃을 피운 한 가지일 뿐이고."

선화베이는 자신과 4~5미터 거리에서 재빠르게 위로 올라가는 터널 벽을 응시했다. 촘촘하게 스쳐 지나가는 빛의 고리 때문에 벽의 표면이 잘 보이지 않았다.

"이건 신고체 물질로 만든 거지?"

"다른 게 있겠어? 또 어떤 물질이 이런 터널을 지을 만큼 강도가 강하지?"

"이렇게 많은 신고체 물질은 어떻게 생산한 건가? 지층 아래로 가라앉을 만큼 비중이 큰 재료를 어떻게 운반하고 가공한 거지?"

"최대한 간략하게 이야기해 주지. 신고체 물질은 연속적인 소규모 핵폭발로 생산했어. 핵심 기술은 당연히 너의 그 당의 기술이고. 생산 라인은 아주 크고 복잡해. 신고체 물질은 밀도에 따라 여러 등급으로 나뉘는데 비교적 밀도가 낮은 것은 지층으로 내려가지 않았어. 이 때문에 넓게 펴서 바닥으로 삼았지. 더 밀도가 큰 부분을 위에 놓으면 그 압력을 분산시켜서 지면 위에도 놓아둘 수가 있거든. 비슷한 원리로 재료를 운반했지. 신고체 물질의 가공에는 더 복잡한 기술이 필요해. 너의 지식수준으로는 아마 이해할 수 없을 거야. 어쨌든 신고체 물질은 이제 방대한 산업 분야가 됐어. 경제 규모로는 강철을 넘어섰고, 남극 정원 프로젝트뿐만 아니라 다른 곳에서도 쓰이게 됐지."

"그럼 이 터널은 어떻게 건설한 거지?"

"우선 이것부터 알려 주지. 터널 건설의 가장 기본적인 단위는 파이프 구조물이야. 각 파이프는 약 100미터 정도 길이이고, 터널은 파이프를 약 24만 개나 연결해서 만들었지. 구체적인 시공 과정은 너도 똑똑하니까 스스로 생각해 낼 수 있을 거야.

지구 표면에서 4,100킬로미터 하강, 초속 7.5킬로미터입니다.

액체 상태의 지구핵 중간 부분에 위치합니다.

"잠함공법*인가?"

"그렇지. 잠함공법이야. 우선 중국에서 남극까지 파이프를

---

* 지상에서 구축한 구조물의 바닥을 굴착해 내려가 구조물을 원하는 위치에 도달하도록 침하시키는 건축 공법.

지층 아래쪽으로 가라앉혀서 지구를 관통하도록 만들고 이어 붙였지. 그리고 맞붙인 파이프의 내부를 파내서 터널을 완성했어. 네가 터널 입구에 들어오기 전에 봤던 철산이 바로 지구핵에서 뽑아낸 철과 니켈의 합금인 페로니켈을 쌓아 올려서 만들어진 거야. 구체적인 시공은 지하 비행선으로 진행했는데, 지층에서 운항할 수 있는 기계들도 신고체 물질로 만들었지. 어떤 모델은 지구핵 깊은 곳까지 운항할 수 있어서 지층에 가라앉힌 파이프의 위치를 잡아 주는 역할을 해."

"그런 계산이라면 파이프는 12만 개면 되는데."

"신고체 물질이 지구 압력과 고온을 견디는 것에는 문제가 없어. 하지만 지하에는 유동체가 많아서 깊지 않은 곳에도 마그마가 흐르고 있지. 더 위험한 것은 지구핵 속에 있는 액체 상태의 페로니켈이야. 그게 터널에 충격을 준다면 파이프는 신고체 물질이라서 견뎌 낼 수 있겠지만 파이프 사이의 연결 부위는 견뎌 내질 못해. 그래서 터널은 안과 밖, 두 겹의 파이프로 구성됐지. 안쪽 파이프는 바깥쪽 파이프의 내부 폭에 꼭 맞추어져 있고 서로 교차되게 연결한 거야. 그래야 터널이 충격을 견뎌 낼 충분한 강도를 갖게 되거든."

지구 표면에서 5,400킬로미터 하강, 초속 7.7킬로미터입니다.

고체 상태의 지구핵에 위치합니다.

"이제부터는 남극 정원 프로젝트로 닥친 재앙에 대해 이야기
해 주지."

세 번의 재앙

"남극 정원 프로젝트의 첫 번째 재앙은 25년 전에 일어났어. 그때, 프로젝트는 마지막 탐사 설계 단계에 접어들어서 지하 비행을 자주 진행하고 있었지. 탐사 비행 중에 '일몰 6호'라는 지하 비행선이 맨틀에서 조난당해 지구핵까지 가라앉고 말았어. 비행선에 있던 승무원 세 명 중 두 명은 목숨을 잃었고 젊은 조종사만이 살아남았어. 그녀는 지금까지도 지구 중심에 갇혀서 좁은 지하 비행선 속에서 여생을 살아가고 있어. 그 비행선에 있는 중성미자 통신설비는 진작에 발신 기능을 상실했지만 수신은 아직 가능할지도 몰라. 말하는 김에 덧붙이자면 조종사의 이름은 선징, 네 손녀다."

선화베이는 마음이 아팠다. 정신없이 빠른 속도 때문에 터널 벽에 있는 빛의 고리는 이제 거의 한 덩어리처럼 보였다. 거대한 터널 벽에서 뿜어져 나오는 파란빛 속으로 추락하는 선화베이는 마치 자신이 시간의 터널을 지나는 것처럼 느껴졌다. 그다지 멀진 않지만 결코 겪어 보지 못한 과거로 통하는.

지구 표면에서 5,800킬로미터 하강, 초속 7.8킬로미터입니다.
고체 상태의 지구핵에 진입, 지구 중심으로 접근합니다.

"남극 정원 프로젝트가 진행된 지 6년째, 처참한 중부 이탈 사고가 일어났다. 앞서 말했지만 터널은 안쪽과 바깥쪽 파이프 층을 서로 엇갈려 놨어. 안쪽 면을 가라앉힐 때는 반드시 이미 연결해 놓은 바깥쪽 파이프 안에 있는 물질들을 비워야 하지. 두 층 사이에 이물질이 들어가서 결합이 긴밀하지 못하게 되는 걸 막기 위해서야. 시공은 바깥쪽 파이프를 일부 먼저 설치하고 안쪽 파이프를 넣는 방법으로 진행됐어. 그렇다는 건 지구핵 구간의 공사 중에 일부 구간은 바깥쪽 파이프가 들어오고 이물질을 비운 후, 안쪽 파이프가 아직 자리를 잡지 못한 시기에 바깥쪽 파이프 한 겹만으로 지구핵 페로니켈의 공격을 받아 내야 한다는 뜻이지.
원래 두 파이프 사이의 결합에는 아주 견고한 리벳접합* 기술을 적용하기 때문에 충격을 아주 오랫동안 견뎌 낼 수가 있어. 하지만 지구핵 490여 킬로미터 깊이에서, 갓 비워 낸 파이프가 갑작스럽게 너무 세찬 흐름을 만난 거야. 그때 페로니켈이 흐른 속도는 사전조사에서 가장 높게 관측된 수치의 다섯 배였어. 강력한 공격에 이 두 파이프는 위치를 이탈해 버렸고, 고온 고압의 지구핵 물질이 순식간에 터널로 유입되어서 이미 만들어진 터널을 따라 지표 쪽으로 솟구쳤지.

프로젝트의 총지휘를 맡았던 선위안은 터널이 끊어진 것을 알게 된 즉시 구텐베르크·비헤르트불연속면에 있던 안전 갑문을 폐쇄하라고 지시했어. 그 문은 구텐베르크 보호막이라고 불렸지. 그때 안전 갑문에서 약 500킬로미터 아래 터널에는 2,500명이나 되는 공사 인원이 작업을 하고 있었어. 터널이 절단된 것을 안 그들은 터널 속의 고속승강기에 올라타고 다 함께 그곳을 벗어나려고 했지. 승강기는 모두 130여 대나 됐어. 마지막 승강기와 터널을 타고 올라오는 페로니켈은 30킬로미터 거리를 유지하고 있었고. 그러나 제때 구텐베르크 보호막에 도착한 승강기는 61대뿐이었어. 나머지는 안전 갑문이 닫힌 후, 섭씨 4,000도나 되는 고온의 지구핵에 그대로 휩쓸려 버린 거야. 1,527명이 지구 중심에서 그렇게 스러진 거라고.

* 금속판에 구멍을 뚫고 작은 금속 막대를 연결 부위에 넣어 단단히 이어 붙이는 방법.

중부 이탈 사고는 온 세상을 경악하게 했고 선위안은 두 가지 이유로 고발당했어. 하나는 모든 승강기가 구텐베르크 보호막을 통과하기를 기다렸다가 갑문을 닫아도 됐다는 이유였지. 페로니켈은 갑문에서 30킬로미터는 떨어져 있었으니 시간이 촉박하기는 해도 기다리는 게 가능했을 테니까. 게다가 이 갑문이 제때 닫히지 못했다 해도 위쪽에는 지각과 맨틀의 경계인 모호로비치치불연속면에 모호로비치치 보호막이라는 안전 갑문이 하나 더 있었거든. 분노가 극에 달한 피해자 가족들은 고의살인죄라는 죄목으로 선위안을 고소했어. 이에 대해 선위안은 매스컴에서 딱 한마디를 남겼지. '문제가 생길까 봐 염려됐습니다.' 문제는 절대 일어나서는 안 됐지.

남극 정원 프로젝트를 소재로 한 재난영화가 잇달아 제작됐어. 그중 가장 유명했던 것은 〈강철샘〉이었고. 영화 속에서는 지구핵 물질이 지표로 올라오는 악몽 같은 풍경이 벌어졌어. 니켈과 철이 혼합된 액체가 성층권까지 기둥처럼 솟구치며 거대한 죽음의 꽃을 피우는 거야. 그 눈부신 빛은 북반구의 밤을 대낮처럼 밝히고, 펄펄 끓는 쇳물이 대지 위로 폭우처럼 쏟아지지. 아시아는 용광로로 변하고 인류는 공룡과 같은 운명을 맞이하게 된다…….

이건 결코 과장이 아니야. 그래서 선위안은 완전히 상반되는 의견 때문에 또 고소를 당했어. 더 일찍 구텐베르크 보호막을 달았어야 했고 승강기를 기다릴 필요가 전혀 없었다는 거지. 이 의견을 지지한 사람이 더 많았어. 그래서 여론은 날조된 죄명을 씌우지. 직권남용으로 비인도적인 행위를 한 죄. 법률상 고소 내용이 범죄로 성립되지는 않았지만, 선위안은 이로 인해서 자리를 잃고 남극 정원 프로젝트 지휘부에서 떠나게 됐어. 그 이후로는 다른 임무도 거절하고 평범한 기술자로 터널에서 일했어."

그때 터널 벽의 파란빛이 돌연 빨간빛으로 바뀌었다.

지구 표면에서 6,300킬로미터 하강, 초속 8킬로미터입니다.

지구 중심을 지나고 있습니다!

헤드폰에서 덩양의 목소리가 울렸다.

"너는 이미 지구를 벗어날 수 있을 만한 속도에 이르렀고 이 행성의 중심에 있다. 지구가 너를 중심으로 돌고 있는 거지. 모든 해양과 대륙, 모든 도시와 모든 사람들이 너를 중심으로 돌고 있다고."

장엄하게 쏟아지는 붉은빛에 파묻힌 선화베이의 머릿속에 또다시 음악이 떠올랐다. 이번에는 웅장한 교향곡이었다. 선화베이는 벌겋게 빛나는 지구 중심의 터널을 제1우주속도*로 지나쳤다. 마치 지구의 혈관 속을 헤집고 다니는 것처럼 더운 피가 끓어올랐다.

덩양이 또 이야기했다.

"신고체 재료가 훌륭한 단열성능을 가지고 있긴 하지만 지금 네 주위 온도는 섭씨 1,500도를 넘었어. 방호복의 냉각 기능은 최대 출력으로 돌아가고 있는 중이고."

터널 벽의 빨간빛은 십 분 동안 지속되더니 다시 차분한 파란빛으로 바뀌었다.

지구 중심을 통과하여 상승 중이며 감속이 시작됐습니다.

지구 중심에서 500킬로미터 상승, 초속 7.8킬로미터입니다.

여전히 고체 상태의 지구핵에 위치합니다.

파란빛이 선화베이를 차분하게 만들었다. 무중력에 익숙해진 그는 천천히 몸을 돌려 머리를 전진하는 방향 쪽으로 두었다. 상승하고 있다는 느낌이 들었다. 선화베이가 덩양에게 물었다.

"세 번째 재앙이 아직 남았지?"

"나사 추락 사고는 5년 전에 일어났어. 그때 남극 정원 프로

---

* 물체를 쏘아 올렸을 때 지표로 떨어지지 않고 지구 주위를 도는 인공위성이 될 수 있는 속도. 초속 7.9킬로미터 정도이다.

젝트는 거의 완성 단계였어. 지구 터널은 정식 운영에 돌입해서 시시각각으로 지구 중심 열차가 오갔고. 열차의 각 량은 지름이 8미터, 길이가 50미터인 원기둥 모양이었어. 열차는 객차나 화물차 200량이 한데 연결되어 있어서 한 번에 화물 2만 톤 혹은 1만 명에 가까운 승객들을 실어 나를 수 있었지. 지구를 한 번 가로지르는 데는 편도로 사십여 분이 걸렸고 운송 과정은 자유낙하로만 이루어져서 어떤 에너지도 소모하지 않았어.

그때 모허역에서 한 수리 기사가 실수로 지름이 채 10센티미터도 안 되는 나사를 터널 속으로 떨어뜨렸어. 이 나사는 전자파를 흡수할 수 있는 신재료로 만들어져서 모니터링 시스템의 레이더에도 감지되지 않았어. 나사는 터널 속에서 계속 추락했고 지구를 관통해서 남극역까지 갔어. 그리고 다시 거꾸로 추락하기 시작했지. 그런데 지구 중심까지 왔을 때, 남극 방향으로 가던 열차에 부딪힌 거야. 그때 나사와 열차의 상대속도는 초속 16킬로미터나 됐는데 그 정도 운동에너지라면 나사를 폭탄만큼 강력하게 만들 수 있었지. 나사는 맨 앞 객차 두 량을 꿰뚫었고 열차는 그대로 증발해 버렸어. 이 두 량의 폭발로 전체 열차는 초속 8킬로미터의 속도로 터널 벽을 스쳤고 한순간에 가루가 되어 버렸어. 대량의 파편이 터널 속을 떠돌아다녔지. 어떤 것은 가끔씩 지구 끝에서 지구 끝까지 왕복하기도 했지만 대부분은 충격으로 속도를 잃고 지구핵 부근을 왔다 갔다 했어. 터널 속의 파편을 완전히 깨끗하게 치우는 데는 한 달이나 걸렸고, 열차에 타고 있던 승객 3,000명의 시신은 찾지도 못했어. 지구핵의 고온으로 다 화장돼 버렸으니까."

지구 중심에서 2,200킬로미터 상승, 초속 7.5킬로미터입니다. 다시 액체 상태의 지구핵으로 진입합니다.

"하지만 가장 큰 재앙은 이 슈퍼 프로젝트 자체야. 남극 정원 프로젝트는 기술적으로 인류 역사상 전례가 없는 어마어마한 사업이지. 경제적으로는 어리석기로 전무후무하고. 사람들은 지금까지도 이 미친 짓이나 다름없는 계획이 실행된 이유를 전혀 이해하지 못해. 물론 선위안 그 악마 같은 놈이 큰 영향을 미쳤지만, 결국 근본적인 원인은 사람들의 신대륙을 개발하겠다는 열망과 과학에 대한 맹신에 있지. 경제학의 관점에서 보면 남극 정원 프로젝트가 완수되는 날은 곧 그 프로젝트가 사망하는 날이나 다름없었어.

터널을 통해 운송 시간이 단축되고, 에너지도 필요로 하지 않기 때문에 사람들은 이렇게 떠들어 댔지. '떨어트리기만 하면 보낼 수 있고, 뛰어 내리기만 하면 갈 수 있다.' 하지만 건설에

들어간 대규모 투자 때문에 지구 중심 열차의 운송비는 엄청나
게 비쌌어. 그래서 빠르다는 장점이 전혀 소용없게 됐고 기존
운송 방식과의 경쟁에서도 우세를 점하지 못했어."

지구 중심에서 3,500킬로미터 상승, 초속 6.5킬로미터입니다.
구텐베르크·비헤르트불연속면을 통과 다시 맨틀로 진입합니다.

"남극을 향한 인류의 꿈은 금세 부서지고 말았지. 우후죽순
으로 생겨난 공업단지와 과도한 개발 사업이 지구상에서 유일
한 청정 지역을 훼손했고, 남극대륙은 다른 대륙처럼 매연이 자
욱한 쓰레기장이 되고 말았어. 남극 상공의 오존층도 완전히 파
괴되어 지구 전체에 악영향을 미치게 됐지. 북반구에서조차 강
력한 자외선 때문에 사람들은 보호 장치를 해야만 밖으로 나갈
수 있었고, 남극의 빙하가 갈수록 빠르게 녹아 지구의 해수면이
급격하게 높아졌어. 이런 고통을 겪은 후에 인류의 지혜는 다시
한번 빛을 발했지. 유엔 회원국 전체는 새로운 남극 조약을 체
결했어. 남극대륙에서 사람을 전부 철수시키고 다시 인적이 드
문 곳으로 만들어 환경이 차츰 회복되기를 바란 거야. 남극 운
송의 필요성이 줄어들자 나사 추락 사고 이후로는 열차 운영이
중단됐어.

지구 터널은 폐쇄됐고 그렇게 지금까지 8년이 흘렀다. 하지만 남극 정원 프로젝트가 가져온 경제적인 문제는 지금까지 이어지고 있어. 남극 정원 회사의 주식을 산 무수한 사람들이 본전도 찾지 못하고 돈을 전부 날리자 심각한 사회 혼란이 일어났어. 발생한 적자는 국가경제를 붕괴시키는 원인이 됐고. 지금까지도 우리는 이 재앙의 바닥을 고통스럽게 허우적대고 있단 말이다……. 좋아, 남극 정원 프로젝트 이야기는 여기까지다."

속도가 점차 느려지며 터널 벽에 있는 파란빛이 다시 깜빡거리기 시작했다. 하나하나 스쳐 지나가는 빛의 고리가 조금씩 구분됐다. 양쪽을 빼빼하게 채우고 있던 동심원 과녁도 다시 나타났다.

지구 중심에서 4,800킬로미터 상승, 초속 5.1킬로미터입니다.
맨틀 중간권을 지나고 있습니다.

끝없는 추락

"내 아들은 그 후에 어떻게 됐죠?"

선화베이가 물었다.

"터널이 폐쇄된 후, 선위안은 남아서 모허역을 지키게 됐지. 하루는 내가 전화를 걸었는데 딱 한마디를 하더군. '저는 딸과 함께합니다.' 나중에야 알게 됐지. 요 몇 년 동안 그가 상상도 할 수 없는 불가사의한 생활을 해 왔다는 걸. 매일 방호복을 입고 터널을 왔다 갔다 한 거야. 잠도 그 안에서 자고, 밥 먹을 때하고 방호복을 충전할 때만 역으로 돌아오면서 말이지. 하루에 지구를 서른 번이나 가로지르면서 하루하루를, 한 해 한 해를 보낸 거야. 모허와 남극반도 사이를 84분 주기로 1만 2600킬로미터 왕복하는 운동을 계속하면서."

지구 중심에서 6,000킬로미터 상승, 초속 2.4킬로미터입니다.

맨틀 연약권을 지나고 있습니다.

"선위안이 끝없이 추락을 반복하면서 무엇을 하는 건지 아무도 몰랐어. 그런데 동료 말로는 지구 중심을 지날 때마다 중성미자 통신 장비로 딸을 부른다더군. 아래로 추락하면서 계속 이야기를 한다더라고. 당연히 혼자 떠드는 거였겠지. 하지만 페로니켈의 흐름에 따라 지구핵 속을 떠다니고 있는 일몰 6호의 선징은 분명히 그 목소리를 들었을 거야.

선위안의 몸은 오랫동안 무중력상태에 놓이게 됐어. 그렇지만 출발역에서 식사와 방호복의 충전을 해결해야 했기 때문에 매일 두세 번씩은 지구의 정상적인 중력을 견뎌 내야 했지. 이렇게 몸을 혹사시키니 안 그래도 노쇠한 심장이 더 약해졌겠지. 어느 날, 추락하던 중에 심장병으로 죽어 버렸어. 당시 아무도 그걸 몰랐던 바람에 선위안의 시신은 지구 터널을 이틀 동안이나 떠다녔어. 방호복 에너지가 다 소진되어서 냉각장치가 멈추고 터널은 그대로 화장터가 됐지. 시신이 마지막으로 지구 중심을 지날 때 타올라서 재가 되고 만 거야. 네 아들도 이런 결말에 만족했을 거라 믿어."

지구 중심에서 6,200킬로미터 상승, 초속 1.4킬로미터입니다.

모호로비치치불연속면을 통과, 지각으로 진입했습니다.

주의하세요! 지구 터널의 남극점으로 접근합니다.

"나도 그렇게 되겠지. 그런가?"

선화베이가 차분하게 물었다.

"너도 만족해야지. 죽기 전에 네가 보고 싶었던 걸 다 봤잖아. 원래는 방호복을 입히지 않고 지구 터널로 떨어트리려 했어. 그런데 방호복도 다 입혀 주고, 네 아들이 만든 걸 전부 보여 줬잖아."

"그래, 만족해. 이번 생은 이만하면 충분하지. 진심으로 모두에게 감사하네!"

대답이 없었다. 헤드폰에서는 윙윙거리는 소리가 뚝 끊겼다. 지구 반대편 있는 덩양 무리가 통신을 끊어 버린 것이다.

선화베이는 위쪽에 동심원이 얼마 남지 않은 것을 보았다. 2~3초가 걸려서야 겨우 고리 하나를 넘어섰고 그마저도 간격이 점점 멀어졌다. 그때, 헤드폰에서 신호음이 울리고 마스크에 화면이 나타났다.

지구 터널의 남극역에 도착했습니다.

동심원의 한가운데가 텅 비어 있었고 새로운 빛의 고리는 더 이상 나타나지 않았다. 가운데에 있던 원이 점점 커졌다. 선화베이는 마침내 가장 마지막에 있는 파란빛 고리를 통과해 반대편에 있던 것과 똑같이 생긴 다리를 향해 느린 속도로 다가갔다. 다리 위에는 방호복을 입은 사람이 몇 명 서 있었다. 입구로 올라오자 그들은 일제히 손을 뻗어 선화베이를 다리 위로 끌어 올렸다.

남극역 내부 역시 암흑 천지였다. 빛이라고는 터널 벽 고리에서 나오는 푸르스름한 빛이 전부였다. 선화베이는 고개를 들고 머리 위에 걸려 있는 기대한 원기둥 모양의 물체를 올려다보았다. 지름이 터널 입구보다 조금 작았다. 다리 끝까지 걸어가 터널 입구 옆에 서서 다시 위를 올려다보았다. 어렴풋이 일렬로 서 있는 원기둥 모양이 보였다. 세어 보니 네 개였는데 그 뒤로 더 높은 곳은 어둠 속에 감추어져 보이지 않았다. 그러나 선화베이는 알 수 있었다. 그것이 멈추어 선 열차라는 것을.

동면 이민

🌙

30분 후, 선화베이는 자신을 구해 준 경찰관 몇 명과 함께 남극역을 빠져나왔다. 더 이상 눈이 쌓이지 않는 남극 평원 위에 버려진 도시가 멀리 눈에 띄었다. 지평선에 드리운 태양은 이 넓고 생기라고는 전혀 없는 대륙 위로 흐리멍덩한 빛을 내려놓았다. 이곳의 공기는 지구의 어느 곳보다도 좋았다. 호흡막을 쓸 필요가 없을 정도였다.

한 경찰관이 선화베이에게 알려 주었다. 그들은 남극 도시를 지키는 몇 안 남은 수비대이며 귀 선생의 신고로 즉시 남극역으로 왔다고 했다. 터널로 왔을 때 입구는 닫혀 있었고, 그들은 터널 관리부에 연락해 덮개를 열었다. 바로 그때 심해에서 떠오른 것처럼 선화베이가 파란빛 속에서 입구로 올라왔다. 몇 분만 늦었더라도 선화베이는 영락없이 죽은 목숨이었을 것이다. 굳게 닫혀 있는 터널의 덮개가 그를 막아 다시 북반구 쪽으로 추락했다면, 지구 중심을 또다시 통과하기도 전에 방호복의 에너지가 바닥나 선위안처럼 지구 중심의 용광로 속에서 재로 변했을 것이다.

"덩양과 그 사람들은 이미 체포됐습니다. 살인죄로 기소될 거예요. 하지만……."

경찰관이 차디찬 눈길로 선화베이를 노려보았다.

"저는 그들의 마음을 이해합니다."

선화베이는 무중력으로 인한 어지럼이 가시지 않은 채 하늘 위의 태양을 바라보았다. 그리고 긴 한숨을 뱉은 후 말했다.

"이번 생은 이만하면 충분……."

"그렇다면 앞으로의 운명도 쉽게 받아들일 수 있겠군요."

다른 경찰관이 말했다.

"운명이요?"

선화베이는 정신을 차리고 그 경찰관에게 고개를 돌렸다.

"당신은 지금 시대에서 살 수 없습니다. 이런 일이 또 일어날 테니까요. 마침 정부가 시간 이민이라는 정책을 펴고 있어요. 인구 증가로 인해 환경에 끼치는 부담을 줄이기 위해서 인구 중 일부를 동면에 들게 해서 미래에 살도록 강제하는 거죠. 그리고 정부에서는 이미 당신을 시간 이민자에 포함시킨다고 결정했습니다. 다시 동면에 들게 될 겁니다. 이번에 잠들면 얼마 후에 깨어나는지 저로서는 말씀드리기 어렵군요."

선화베이는 한참이 지나서야 그 말뜻을 이해하고 경찰관에게 굽실굽실 인사를 했다.

"고맙습니다, 고맙습니다. 저는 어쩌면 이렇게 운이 좋을까요."

"운이 좋다고요?"

경찰관이 이해할 수 없다는 듯 선화베이에게 말했다.

"이 시대 사람들이 시간 이민을 해도 미래에 적응하기가 힘들 텐데 당신같이 과거에서 온 사람들한테는 정말 말도 안 되는 소리죠!"

선화베이의 얼굴에 미소가 떠올랐다.

"상관없어요. 중요한 건 지구 터널이 다시 인류의 자랑이 되는 걸 볼 수 있다는 겁니다!"

경찰관이 어이없다는 표정으로 비웃었다.

"그게 말이 됩니까? 이건 완전히 실패한 프로젝트라고요. 당신 부자에게 영원히 치욕을 줄 뿐입니다."

"하하하하……."

선화베이가 호탕하게 웃음을 터뜨렸다. 무중력에 적응한 허약한 다리로 제대로 서지도 못했지만 정신적으로는 극도의 흥분 상태였다.

"만리장성과 피라미드 역시 완전히 실패한 프로젝트였죠. 전자는 북방 기마민족의 침입을 막아 내지 못했고, 후자도 그 속에 있는 파라오의 미라를 부활시키지 못했습니다. 하지만 시간이 지나면서 그런 사실은 중요하지 않게 되었어요. 그 위에 서린 인류의 정신만이 영원히 빛을 발하면서 모든 사람들의 추앙을 받게 됐죠!"

선화베이는 뒤쪽으로 우뚝 솟아 있는 지구 터널 남극역을 가리켰다.

"이 위대한 지구 터널에서 만리상성에 떼쓰고 매달리는 맹강녀* 같은 당신들이 얼마나 불쌍한지! 하하하하……."

선화베이는 두 팔을 벌려 남극의 매서운 바람을 온몸으로 받아들이며 행복한 표정으로 말했다.

"위안아, 이번 생은 이걸로 충분하구나……."

---

* 만리장성에 얽힌 전설의 주인공. 맹강녀는 만리장성을 쌓으러 간 남편을 위해 겨울옷을 가져갔으나, 남편이 죽었다는 소식을 듣고 쓰러져 운다. 그녀가 쓰러져 울기 시작한 지 열흘 만에 성이 무너지면서 남편의 유골이 나타났다고 전해진다.

지구 대포

선화베이가 다시 깨어난 것은 반세기가 지난 후였다. 그는 깨어나자마자 약 50년 전, 깨어났을 때 겪었던 일을 다시 겪었다. 모르는 사람들이 다짜고짜 차에 태우고 지구 터널의 모허역으로 데려갔고, 방호복(선화베이는 이 방호복이 50년 전보다 훨씬 더 무거워졌다는 것을 이해할 수 없었다)을 입혀서 터널로 떨어트렸다. 길고 지루한 추락이 다시 시작됐다. 50년이 지났지만 지구 터널은 별로 달라지지 않았다. 무수히 많은 파란 고리가 빛을 뿜는, 바닥이 없는 깊은 터널일 뿐이었다.

하지만 이번에는 한 사람이 선화베이와 함께 떨어져 내렸다. 아름다운 여자였다. 그녀는 자신을 가이드라고 소개했다.

"가이드? 그렇군. 내 예상이 맞았군요. 지구 터널은 정말로 만리장성, 피라미드가 됐군요!"

떨어져 내리던 선화베이가 흥분해 소리를 쳤다.

"아뇨, 지구 터널은 만리장성이나 피라미드가 되지 못했어요. 뭐가 됐냐면……."

가이드가 무중력 속에서 선화베이의 손을 잡고 조심스럽게 속도를 맞추었다.

"뭐가 됐지요?"

"지구 대포요!"

"뭐요?"

선화베이는 깜짝 놀라서 재빠르게 스쳐 가는 터널 벽을 살폈다. 가이드가 지나간 일을 설명해 주었다.

"당신이 동면에 들어간 후, 지구의 환경은 더 악화됐어요. 환경오염과 오존층 파괴로 각 대륙에서는 최후의 식물들까지 순식간에 자취를 감추었고, 숨 쉴 수 있는 공기는 돈으로 사고파는 상품이 됐죠. 그쯤 되니 지구의 생태계를 살리기 위해서는 모든 중공업과 에너지산업을 멈추는 수밖에 없었죠."

"그렇게 하면 지구 생태계를 회복할 수는 있겠지만 인류 문명은 파멸하겠죠."

선화베이가 가이드의 말을 가로챘다.

"당시 참혹한 광경 앞에 수많은 사람들이 파멸이라는 선택을 원하기도 했죠. 그런데 더 많은 사람들이 다른 길을 개척했어요. 가장 실현 가능한 방법, 바로 지구상의 모든 공업 시설을 우주와 달로 옮기는 건이었어요."

"그러면 우주로 가는 엘리베이터를 지었나요?"

"아뇨, 막상 해 보니 그게 지구 터널을 파는 것보다 더 어렵다는 걸 알게 됐죠."

"그럼 중력을 거스르는 우주선을 발명했나요?"

"그건 더 안 돼요. 이론적으로 완전히 불가능하다는 걸 증명해 냈어요."

"핵 추진 로켓은?"

"그건 가능은 한데 운송비가 원래의 로켓하고 막상막하거든요. 그 방법으로 공업 시설을 우주로 옮기려면 지구 터널 때하고 똑같은 경제적 재앙이 일어날 거예요."

"그러면 아무것도 옮기지 못했겠군요. 그렇다는 건……."

선화베이가 쓴웃음을 지었다.

"저 위는 다음 인류의 시대라는 말이네요?"

가이드는 대답하지 않았다. 두 사람은 어둠 속에서 끝없는 심연으로 계속해서 떨어져 내렸다. 주위를 둘러싼 빛의 고리가 점점 더 빽빽해지더니 결국 파란빛을 내는 매끈한 한 덩어리가 됐다. 다시 십 분쯤 지났을까. 파란빛이 빨간빛으로 변했다. 그들은 조용히 초속 8킬로미터의 속도로 지구 중심을 통과했다.

터널 벽이 다시 재빠르게 파란색으로 변했고, 가이드는 아주 민첩하게 몸을 180도 회전해 머리가 진행 방향으로 가도록 자세를 잡았다. 선화베이도 서투르게 그녀를 따라 했다.

"어?"

선화베이가 놀라서 외마디 비명을 질렀다. 마스크 오른쪽 상단에는 현재 그의 속도가 초속 8.5킬로미터라고 표시됐다.

'지구 중심을 지났는데도 여전히 가속 중이라니!'

선화베이를 또 놀라게 한 것은 중력이 느껴진다는 사실이었다. 지구를 가로지르는 추락 과정은 처음부터 끝까지 무중력이어야 한다. 그런데 분명히 중력이 느껴지는 것이 아닌가! 과학자의 직감이 선화베이에게 이야기하고 있었다. 이것은 중력이 아니라 추진력이다. 이 추진력은 계속해서 증가하는 지구의 인력을 극복하고 가속도를 유지하도록 만들고 있었다.

"쥘 베른 소설에 나오는 달에 오르는 대포를 기억하고 있겠죠?"

가이드가 뜬금없이 물었다.

"어릴 때 봤던 것 중에서 제일 바보 같은 책이었어요."

선화베이가 관심 없다는 듯 무성의하게 대답하고 사방을 두리번거렸다. 그는 갑자기 일어난 이 이상한 현상이 무엇 때문인지 알고 싶었다.

"하나도 바보 같지 않아요. 대포를 발사하는 건 인류가 대규모로 우주까지 갈 수 있는 가장 이상적이고 빠른 방식이에요."

"포탄에 눌려 떡이 되고 싶다면요."

"눌려서 떡이 되는 건 가속도가 너무 크기 때문이에요. 가속도가 너무 큰 건 포신이 너무 짧기 때문이고요. 만약 포신이 충분히 길면 포탄은 완만한 가속도로 올라갈 겁니다. 지금 당신이 느끼는 것만큼이요."

"그렇다는 건 우리가 지금 베른의 대포 속에 있다는 겁니까?"

"제가 말했잖아요. 지구 대포라 불린다고요."

선화베이는 파란빛을 뿜는 터널을 바라보며 대포의 포신을 열심히 상상해 보았다. 속도가 너무 빠른 탓에 터널 속에서 자신이 움직이고 있다는 느낌이 전혀 들지 않았다. 자신이 마치 파란빛을 뿜는 거대한 대롱 속에서 꼼짝도 하지 않고 떠 있는 것 같았다.

"당신이 동면에 들어간 지 4년째 되는 해에 우리는 새로운 형태의 신고체 물질을 연구 제작했습니다. 예전부터 있었던 재료의 성질 외에도 전기나 열을 잘 전달하는 성질을 갖춘 물질이죠. 지금은 지구 터널 절반의 바깥쪽에 이 물질로 만든 두꺼운 도선을 둘둘 감았어요. 지구 터널 절반이 6,300킬로미터에 이르는 솔레노이드*로 변한 것이죠."

"코일의 전류는 어디서 오는 거죠?"

"지구핵은 전류가 강하고 풍부합니다. 이 전류가 지구의 자기장을 발생시키죠. 우리는 지하 비행선을 이용해 신고체 도선을 핵까지 끌고 들어가 100여 개의 회로를 설치했어요. 각 회로들은 길이가 수천 킬로미터씩 되고 핵 속의 전류를 끌어들여요. 이 전류를 터널의 코일에 집중시키면 터널은 자기장으로 가득하게 되고요. 우리가 입은 방호복의 어깨와 허리 쪽에는 초전도 코일이 있어요. 코일 속의 전류는 방향이 반대인 자기장을 형성하고요. 추진력은 바로 거기에서 오는 겁니다."

멈추지 않고 계속해서 속도가 빨라지자 상승 구간을 금세 지나가 버렸다. 터널 벽에서 또다시 빨간빛이 나타났다.

"조심해요. 이제 속도가 초속 15킬로미터에 도달했어요. 제2 우주속도**를 뛰어넘었으니 이제 포문으로 날아갈 거예요!"

지구 터널의 남극 출구에 있던 거대한 열차 정류장이 철거되고 원형 출구가 곧장 하늘을 향하고 있었다. 터널 끝에는 밀폐 덮개가 있었다. 터널에 설치된 확성기에서 안내 방송이 들려왔다.

"여행자 여러분 주의하세요. 지구 대포가 오늘의 마흔세 번

* 전류가 흐르는 도선 주위로 자기장이 흐르는 원리를 이용해 도선을 여러 차례 감아 긴 원통으로 만든 장치. 자기장을 만드는 전자석의 역할을 한다.
** 중력에서 벗어나 지구를 탈출하는 데 필요한 속도. 초속 11.2킬로미터 정도이다.

째 발사를 진행합니다. 보안경과 귀마개를 착용하세요. 그러지 않으면 시력과 청력에 영구적인 손상이 발생합니다."

잠시 후, 터널 입구의 밀폐 덮개가 철컹하며 옆으로 이동했고 지름 10미터의 원형 출구가 나타났다. 공기가 진공상태의 터널 내부로 밀려들어 윙윙거리는 바람 소리가 났다. 시끄러운 소리와 함께 터널 입구에서 날름거리는 불길이 길게 치솟았다. 그 빛에 남극의 하늘가로 떨어진 태양이 초라하게 빛을 잃었다.

밀폐 덮개가 재빨리 미끄러지며 원래 자리를 되찾자 터널 내의 배기펌프가 요란스럽게 돌아가면서 덮개가 열린 순간에 유입된 공기를 뿜어내고 다음 발사를 준비했다. 밖에 있던 사람들이 고개를 들어 위를 바라보았다. 불꽃을 길게 늘어트린 별똥별 두 개가 쏜살같이 상승하더니 남극의 짙푸른 창공으로 사라져버렸다.

선화베이는 기대했던 것처럼 터널 출구를 똑똑히 마주볼 수가 없었다. 속도가 너무 빨라서 제대로 보이지가 않았다. 높은 곳을 향해 빨간빛을 뿜어내던 터널의 내부가 눈 깜짝할 사이에 사라지고 그 자리에 남극의 파란 하늘이 펼쳐졌다. 밖으로 나간다는 것을 느끼지도 못할 만큼, 스크린상에서 화면이 전환되는 것처럼 빠른 속도였다.

선화베이는 불쑥 뒤를 돌아보았다. 발아래 대지가 급속도로 멀어지고 있었다. 남극 도시가 농구코트만 한 직사각형으로 보였다. 고개를 드니 푸른 하늘의 색깔이 빠르게 어두워지고 있었다. 모니터의 밝기를 조절할 때만큼 빠른 속도였다. 다시 고개를 숙였다. 남극반도의 좁고 긴 모양과 반도를 둘러싼 바다가 눈에 들어왔다.

선화베이의 몸 뒤로는 기다란 불꽃이 늘어져 있었다. 이제 보니 방호복의 표면이 불타고 있었다. 약한 화염에 휩싸여 있었던 것이다. 10여 미터쯤 떨어진 곳에는 선화베이와 함께 날아오른 가이드가 있었다. 그녀 역시 화염에 휩싸여 있었는데 긴 불꽃을 늘어트린 작은 괴물처럼 보였다.

어마어마한 공기저항이 거대한 손바닥처럼 선화베이의 머리와 어깨를 짓눌렀다. 그러나 하늘이 까매질수록 이 손바닥은 더 강력한 힘에 지배당한 듯 점점 약해졌다. 아래쪽을 보니 이제 남극대륙 전체가 그 모습을 드러내고 있었다. 선화베이는 이 대륙이 순백의 모습을 회복한 것에 기쁨과 놀라움이 교차했다. 먼 곳을 바라보니 지구가 둥그렇게 보이기 시작하며 태양이 지구의 경계면에서 떠올랐다. 얇은 대기층에 눈부신 새벽빛이 쏟아졌다. 다시 위를 보았다. 수많은 별 무리가 우주를 수놓고 있었다. 이토록 영롱하고 눈부신 별들은 처음이었다.

몸에 붙은 불이 꺼졌다. 그들은 이미 대기층을 박차고 나가

고요한 우주를 떠다니고 있었다. 선화베이는 몸이 제비처럼 가벼워진 느낌이었다. 그는 입고 있던 방호복이 얇아진 것을 발견했다. 열을 발산하는 층이 대기와의 극심한 마찰 중에 증발해 버리고 만 것이다. 고속으로 대기층을 통과할 때 생기는 통신 장애 구간이 끝나자 헤드폰에서 가이드의 음성이 들려왔다.

"대기층을 지날 때의 저항으로 속도가 일부 줄어들긴 했지만 지금 속도도 벗어나기엔 충분해요. 지구를 벗어납니다. 저기를 보세요……."

가이드는 이미 너무 작아져 버린 남극반도를 가리켰다. 지구 터널의 출구가 있는 위치에서 무언가가 반짝하더니 불꽃을 꽁무니에 단 별똥별이 느릿느릿 위로 올라왔다. 대기층을 벗어난 후에는 불꽃이 사그라졌다.

"저건 지구 대포에서 방금 쏘아 올린 우주선이에요. 우리를 데리고 돌아갈 거예요. 지구 대포의 포신에서는 언제나 포탄을 대여섯 개씩 동시에 장전해요. 그리고 8~10분마다 우주선을 한 대씩 발사하고요. 요즘 우주로 가는 건 지하철을 타는 것처럼 손쉬운 일이 됐죠. 20년 전, 공장 대이전이 시작됐을 때는 정말 빈번하게 발사했어요. 포신에서 스무 발이나 되는 포탄이 한꺼번에 발사되는 게 예사였고, 2~3분에 한 번씩 우주로 포탄을 쏟아 내느라 바빴죠. 한꺼번에 쏟아진 우주선은 유성우처럼

위로 뻗어 나갔어요. 운명을 향한 인류의 장엄한 도전이었죠. 정말 장관이었어요!"

그때, 선화베이는 별 무리 중에서 빠른 속도로 움직이는 수많은 별을 발견했다. 별이 총총 수놓아진 정지화면 같은 우주에서 그들의 움직임은 쉽게 눈에 띄었다. 지구궤도를 돌고 있는 것이 분명했다. 자세히 살펴보니 그들 중 일부는 모양까지 확실히 보였다. 고리 모양, 원기둥 모양 그리고 여러 모양이 조합된 불규칙한 모양들이 칠흑처럼 까만 우주를 꾸미는 정교한 액세서리처럼 보였다.

"저건 바오산철강공사예요."

가이드가 빛을 발하는 동그란 고리 모양을 가리키며 말했다. 그리고 빛나는 별을 하나하나 차례대로 가리켰다.

"저기 몇 개는 중국석유화학이에요. 물론 이제 석유는 취급 안 해요. 저쪽에 있는 원기둥들은 유럽야금연합이고요. 그리고 저쪽은 마이크로파로 지구에 전기를 공급하는 태양광 발전소인데 빛나는 게 관제 센터고요, 태양전지판하고 전기에너지 송신 안테나는 잘 안 보여요."

선화베이는 눈앞에 벌어진 광경에 취해 쪽빛 지구를 굽어보았다. 눈물이 용솟음쳤다. 지금 선화베이의 가장 큰 바람은 남극 정원 프로젝트에 참여했던 모든 사람들, 세상을 떠났거나 아직 살아 있는 그들 모두가 이 광경을 보는 것이었다. 선화베이는 그중에서도 특히 한 사람을 떠올렸다. 모든 사람들에게 영원히 젊은 모습으로 기억될 사람이었다.

"내 손녀는 찾았나요?"

"아뇨. 지구핵 안에서 원거리를 탐지할 기술이 부족해서요. 너무 광활한 구역이잖아요. 페로니켈이 그녀를 어디로 데려갔는지 아무도 모른답니다."

"우리가 본 것들을 중성미자를 이용해 지구 중심으로 전송할 수 있나요?"

"지금까지 계속 그렇게 해 왔는걸요. 그녀도 봤을 거라 믿어요."

산골 마을
선생님

산골 마을의 운명

그는 마지막 수업을 앞당겨야 한다는 걸 알았다.

간 쪽에서부터 극심한 고통이 엄습해 거의 까무러치기 일보 직전이었다. 침대에서 내려갈 힘도 남지 않은 그는 침대 곁의 창문가로 간신히 다가갔다. 달빛이 창호지를 통해 환하게 비치자 자그마한 창은 다른 세계로 통하는 문처럼 보였다. 저 너머 세계는 모든 것이 은빛으로 환하게 빛나고 있을 것만 같았다. 마치 눈부신 은이나 포근한 눈이 만들어 내는 아름다운 풍경처럼 말이다.

그는 부들부들 떨면서 고개를 들고는 창호지에 난 구멍을 통해 밖을 내다보았다. 그와 함께 환각은 금세 사라져 버렸다. 저 멀리 보이는 것은 자신이 평생을 지낸 산골 마을일 뿐이었다.

마을은 100년 전, 이곳에 사람이 없었을 때처럼 달빛 아래에

고요히 웅크려 있었다. 황투고원 특유의 납작하고 작은 집들은 마을 주변의 황토 무더기와 딱히 구별이 되지 않았다. 달빛이 쏟아지는 밤에는 색깔마저 같아져서 온 마을이 황토 언덕의 일부처럼 보였다. 마을 앞에 있는 회화나무만이 또렷하게 모습을 드러냈다. 나무 위의 마른 가지 사이에 걸친 까마귀 둥지는 더 까맣게 보여서 어두운 은색 화면에 방울방울 떨어트려 놓은 묵의 흔적처럼 보였다.

사실 이 마을도 아름답고 정이 넘칠 때가 있다. 추수 때면 남자, 여자 할 것 없이 외지로 나간 어른들이 모두 돌아와서 사람들의 말소리와 웃음소리가 흘러넘쳤다. 집집마다 지붕에 황금빛 옥수수를 널고, 타작마당에서는 아이들이 짚단 속을 뒹굴었다. 또 설날이 되면 타작마당에 불을 환하게 밝히고 며칠을 연달아 와자지껄한 판을 벌였다. 뱃놀이와 사자놀이도 이어졌는데 그 사자들은 이제 나무로 된 머리통만 남아 덜그럭거렸다. 칠도 다 벗겨졌지만 마을에는 사자 가죽을 새로 마련할 돈이 없었다. 겨우 침대보 몇 장으로 대신할 뿐이었다.

정월대보름이 지나면 마을의 젊은이들은 모두 벌어먹고 살기 위해 외지로 나갔고 마을은 곧바로 생기를 잃었다. 매일 해가 질 무렵, 드문드문 밥하는 연기가 피어오를 때쯤 되어서야 마을 어귀에 노인들이 한두 명 나타났다. 그들은 호두 껍질 같은 쭈

글쭈글한 얼굴을 쭉 빼고 산 밖으로 통하는 길목을 눈이 빠져라 바라보았다. 회화나무에 걸린 마지막 석양이 사라질 때까지 그렇게 바라보았다. 하늘이 어두워지면 마을은 일찌감치 등이 꺼지고 아이들과 노인들은 일찍 잠자리에 들었다.

창밖을 바라보던 바로 그때, 마을에서 개 짖는 소리가 흐릿하게 들려왔다. 꼭 개가 잠꼬대라도 하는 것처럼 희미한 소리였다. 그는 마을 주위를 둘러싼 달빛 아래의 황무지를 보았다. 갑자기 그곳이 물결이 일지 않는 수면처럼 느껴졌다. 정말 물이라면 좋았을 것이다.

올해로 5년째 기뭄이 들었다. 무엇이라도 수확하려면 또 물을 져다 날라야만 했다. 논밭을 떠올린 그의 시선이 더 먼 곳으로 옮겨 갔다. 달빛 아래로 보이는 산비탈의 작은 밭뙈기들은 마치 거인이 산을 오르면서 남긴 발자국 같았다. 싸리나무와 쑥으로 가득한 돌산이라 밭도 여기 조금 저기 조금 일구게 된 것이다. 그러니 농기계는 고사하고 가축들이 몸을 틀기도 어려워서 사람의 힘으로만 곡식을 심고 가꾸었다.

작년에 어떤 농기계 공장 사람들이 이곳까지 들어와서 소형 경운기를 팔았다. 이런 손바닥만 한 땅에서도 사용할 수 있다고 했다. 경운기는 정말로 훌륭했다. 하지만 마을 사람들은 그 사람들더러 웃기는 소리를 한다고 했다. 공장 사람들은 그 손바닥만 한 땅에서 곡식이 얼마나 나는지 생각이나 해 보았을까? 고작 이만큼 심는 것만으로는 1년 치 식량이나 나면 다행이고, 이런 가뭄이라도 만나면 종잣돈조차 거두어들이기 어려웠다. 이런 밭을 위해서 한 대에 3,500위안이나 하는 경운기를 사고, 거기다 1리터에 2위안짜리 경유를 쓴다? 아이고, 이 산속 사람들의 어려움을 외지인이 어떻게 알까?

창문 앞을 지나는 작은 그림자 몇이 보였다. 검은 그림자들은 멀지 않은 밭두렁에서 둥그렇게 쭈그리고 앉았다. 무엇을 하는지는 알 수 없었다. 그는 그게 학생들의 그림자라는 것을 알아챘다. 아이들이 가까이 있으면 보지 않아도 그들의 존재를 느낄 수 있었다. 이 직감은 그가 일생토록 쌓아 온 능력이었다. 게다가 생명이 마지막에 이르자 더 예민해졌다.

달빛 아래 그 아이들이 누군지도 알아챌 수 있었다. 그중에는 류바오주와 궈추이화도 분명 있을 것이었다. 둘 다 이 마을 아이들이기 때문에 굳이 학교 숙소에서 같이 지낼 필요가 없었지만 그는 아이들을 받아들였다.

류바오주의 아버지는 10년 전에 쓰촨에서 어린 여자를 돈으로 데려와 결혼했다. 류바오주가 태어나고 다섯 살이 되자 아버지는 여자에 대한 감시를 소홀히 하게 됐다. 그러던 어느 날, 여자가 쓰촨으로 도망가 버렸다. 집에 있는 돈을 몽땅 챙겨서 말이다.

그 이후로 류바오주의 아버지는 형편없이 망가졌다. 도박에 손을 대서는 마을의 몇몇 홀아비들처럼 집안을 다 거덜 냈고, 결국 집에 물건이라고는 이불 하나만 덜렁 남게 됐다. 그런 후부터는 술을 마셔 댔다. 매일 저녁이면 싸구려 고구마 소주를 마시고 고주망태가 되어 아이에게 화풀이를 했다. 류바오주는 하루에 한 번씩 얻어맞았고, 사흘에 한 번씩 심하게 맞았다. 지난달 어느 밤에는 아버지가 부지깽이를 휘두르는 바람에 죽을 뻔했다.

귀추이화는 더 불쌍했다. 그녀의 이미니는 정상적으로 외지에서 이곳으로 와 가정을 이루었다. 이 동네에서는 무척 드문 일이었고 남자로서도 아주 영광스러운 일이었다. 그런데 행복은 오래가지 못했다. 혼사가 끝나고 보니 그녀는 반미치광이였던 것이다. 미리 알아채지 못한 것은 아마 무슨 약을 먹어서라고 했다. 어쩐지 이상했다. 멀쩡하고 참한 여자가 새들도 거들떠보지 않는 찢어지게 가난한 곳에 뭐 하러 왔을까?

어찌 되었든 귀추이화가 태어났고 아이는 생고생을 하며 자라났다. 그런데 어머니의 병세는 날이 갈수록 심해졌다. 병이 도지면 낮에는 식칼을 들고 사람을 찌르려 했고, 밤에는 불을 지르고 다녔다. 그리고 하루 중 대부분은 음산하게 웃어 댔다.

듣기만 해도 온몸의 털이 다 곤두서는 소리였다.

다른 아이들은 전부 딴 마을 출신이었다. 이곳에서 가장 가까운 마을이 산길로 5킬로미터는 족히 되었으니 학교에서 사는 수밖에 없었다. 이렇게 변변찮은 산골 마을의 학교에서 아이들은 한 학기를 꼬박 머물렀다. 학교로 올 때는 자기가 쓸 이불 말고도 쌀이나 밀가루를 한 포대씩 등에 지고 와서, 열 명이나 되는 아이들이 다 함께 학교 부뚜막에서 밥을 해 먹었다. 겨울 밤이면 아이들은 아궁이 주위로 옹기종기 모여 커다란 솥 안에서 야채죽이 부글부글 끓는 것을 지켜보았다. 그럴 때면 아궁이 속 땔감이 타들어 가며 아이들의 얼굴에 주홍색 불빛을 비추었다……. 그가 평생 본 것 중에 가장 따뜻하고 포근한 이 장면을 이제 다른 세상에서나 만날지도 몰랐다.

창밖의 밭두렁 위, 아이들 무리 가운데서 빨간 불꽃이 일어났다. 은회색으로 빛나는 달밤에 그 빛은 눈에 아주 잘 띄었다. 아이들은 향을 피우고 이어서 종이를 태웠다. 불빛이 아이들의 모습을 주홍빛으로 물들였다. 그는 아궁이에 모여 앉은 아이들의 모습을 다시금 떠올렸다. 그리고 또 다른 장면을 기억해 냈다.

학교가 정전됐을 때(전기회로가 잘못될 때도 있었지만 대부분 전기요금을 내지 못해서였다) 그는 야간 보충수업 중이었다. 손에 양초를 하나 들고 칠판을 비추었다. 그가 "보이니?" 하고 물으면 아이들은 언제나 "안 보여요!"라고 대답했다. 그렇게 약한 빛으로는 보이지 않는 것이 당연했다. 하지만 빠진 날이 많아 보충수업은 꼭 해야만 했다. 그래서 그는 양초를 한 자루를 더 꺼내 불을 붙였다.

"그래도 안 보여요!"

아이들이 소리를 질렀다. 한 자루 더 불을 붙였다. 여전히 또렷하게 보이지 않았지만 아이들은 더는 소리치지 않았다. 또 소리를 질러 봤자 더 이상은 불을 붙이지 않을 거라는 걸 알았기 때문이다. 양초가 많아도 더는 붙일 수 없었다. 그는 아이들의 얼굴이 촛불 속에서 일렁이는 모습을 보았다. 자신의 생명을 다 해서라도 어둠에서 벗어나려고 발버둥 치는 자그마한 벌레들같이 보였다.

아이들과 불빛, 아이들과 불빛, 자꾸만 아이들과 불빛이 떠올랐다. 캄캄한 밤, 아이들과 환한 불빛이 눈에 선했다. 그의 머릿속 깊은 곳에 새겨진 이 세상에서 가장 또렷한 장면이었다. 하지만 그게 무얼 뜻하는지는 알 수 없었다.

그는 아이들이 자신을 위해서 향을 피우고 종이를 태우는 것을 알고 있었다. 아이들은 예전에도 몇 번인가 그렇게 했었다. 그런데 이번에는 미신을 믿는 아이들의 행동을 꾸짖을 힘조차 남아 있지 않았다. 그는 아이들의 마음속에 과학과 문명의 불꽃을 피우느라 일생을 바쳤다. 그러나 그도 알고 있었다. 외딴 산촌을 뒤덮고 있는 우매함과 미신에 비해서 이 불꽃은 너무나 보잘것없었다. 깊은 겨울밤, 교실 안의 양초 한 자루처럼 말이다.

반년 전, 마을 사람들이 학교로 찾아왔다. 안 그래도 낡은 학교 숙소 지붕을 간신히 받치고 있는 서까래를 빼내다가 마을 입구에 있는 사당에 쓸 거라고 했다. 숙소 지붕이 없어질 텐데 그럼 아이들을 어디에서 재우냐고 물었다. 그러자 그들은 교실에서도 잘 수 있지 않느냐고 했다. 그는 교실은 사방으로 바람이 숭숭 통하는데 겨울에는 어떡하느냐고 물었다. 그들은 뭐 어쨌든 남의 동네 아이들일 뿐이라고 했다. 그는 길쭉한 막대를 손에 쥐고 필사적으로 맞섰고, 결국 사람들한테 맞아서 갈비뼈가 두 대나 부러졌다. 그때, 마음씨 좋은 사람이 그를 데리고 15킬로미터나 되는 산길을 걸어 읍내에 있는 병원까지 데려다주었다.

그렇게 다친 곳을 검사하다가 뜻밖에도 식도암에 걸렸다는 사실을 알게 됐다. 딱히 드문 일도 아니었다. 이 일대는 식도암 발병률이 높은 지역이었으니까. 읍내 병원의 의사는 전화위복이라면서 그를 축하했다. 식도암은 아직 초기 증세일 뿐이고 다른 곳으로 퍼지지 않았으니 수술하면 곧 치료될 것이었다. 식도암은 수술 후 완치율이 가장 높은 암 중의 하나이다. 그러니 다행히 목숨을 건진 셈이었다.

그리하여 그는 대도시에 있는 암 치료 전문병원을 찾아갔다. 거기서 그는 의사에게 이런 수술은 돈을 얼마나 내야 하냐고 물었다. 의사는 그가 빈곤 지원 병동에 입원할 수 있고 다른 비용도 어느 정도 감면될 테니 너무 큰 금액은 아닐 거라고, 2만 위안 정도면 될 거라고 했다. 외진 산촌에서 온 그를 위해 의사는 입원 수속은 어떻게 하는지 등을 자세하게 설명해 주었다. 그는 가만히 듣고 있다가 갑자기 물었다.

"수술하지 않으면 저한테는 시간이 얼마나 있지요?"

의사는 한참 동안 멍하니 그를 보다가 대답했다.

"반년이요."

그리고 안심한 듯 긴 한숨을 내쉬는 그를 보며 어리둥절해했다.

'적어도 졸업반 아이들을 보내줄 시간은 있다.'

그는 정말로 2만 위안이나 되는 돈을 마련할 수가 없었다. 사립학교 교사의 월급이 적긴 했지만 이렇게 오래 일을 했고 딸린 식구가 없는 홀몸이니 원래대로라면 돈을 좀 모았어야 했다. 그런데 그는 돈을 전부 아이들에게 써 왔다. 얼마나 많은 학생들을 대신해서 학비를 내 왔는지 기억조차 할 수 없었다. 가장 최근이 류바오주와 궈추이화였다. 게다가 그는 아이들의 솥에 기름이 떨어지면 자신의 월급으로 고기며 돼지기름 따위를 사 오는 때가 허다했다. 어쨌든 지금까지 그가 모은 전 재산을 다 합쳐도 수술비의 10분의 1밖에는 되지 않았다.

그는 대도시의 널따란 대로변을 따라 기차역으로 걸었다. 해가 어둑어둑해지고 도시의 네온사인이 사람들을 유혹하기 시작했다. 그 알록달록한 불빛에 그는 정신을 차릴 수가 없었다. 밤이 되자 고층 건물들마저 하늘 높이 솟은 거대한 불빛으로 변해 버렸다. 그리고 그 사이로 경쾌한 음악, 감미로운 음악이 걸음걸음 실려 와 밤하늘을 휘젓고 다녔다.

자신과는 완전히 동떨어진 세계 속에서 그는 얼마 남지 않은 자신의 삶을 천천히 돌이켜 보았다. 마음이 편안했다. 누구에게나 스스로의 운명이 있는 법, 20년 전 중학교를 졸업한 후 산골의 초등학교로 돌아왔을 때 그는 자신의 운명을 결정지었다. 게다가 이 운명을 결정하는 데 큰 부분을 차지한 것이 바로 이 산골 학교의 선생님이었다.

그는 자신이 교편을 잡고 있는 이 초등학교에서 어린 시절을 보냈다. 부모님이 일찍 돌아가신 후 허름한 학교가 바로 그의 집이 되었고, 당시 선생님은 그를 친아들처럼 대해 주었다. 형편은 넉넉하지 않았지만 사랑만은 모자람이 없었다. 그해 겨울, 선생님은 그를 자신의 고향에 데려가려고 했다. 선생님의 집은 꽤나 멀어 그들은 눈 쌓인 산길을 아주 오랫동안 걸었다. 선생님의 집이 있는 마을에서 새어 나오는 빛을 발견했을 때는 이미 한밤중이었다. 바로 그때, 뒤쪽 멀지 않은 곳에서 녹색 불덩어리 네 개가 일렁이는 것이 보였다. 늑대 두 마리의 시퍼런 눈이었다.

그때는 산에 늑대가 아주 많아서 학교 주위에서도 늑대의 배설물을 심심찮게 찾아볼 수 있었다. 한번은 그가 장난으로 늑대의 배설물에 불을 붙여 교실 안으로 던진 적이 있었다. 진한 늑대 연기가 교실에 가득 들어차 숨이 막힌 아이들이 밖으로 뛰쳐나오자 선생님은 엄청나게 화를 냈었다.

늑대 두 마리가 그들을 향해 시시히 접근하고 있었다. 신생님은 굵은 나무를 꺾어 휘두르며 늑대가 다가오는 것을 막는 동시에 그에게 마을로 뛰어가라고 소리를 질렀다. 너무 놀라 혼이 쏙 빠진 그는 냅다 뛰는 데만 집중했다. 그 늑대가 선생님은 내버려 두고 자신을 쫓아오지 않을까, 혹은 도망가다가 다른 늑대를 마주치지 않을까 생각했다.

그가 숨이 넘어갈 듯 달려 마을에 도착해 사냥총을 든 남자들과 함께 선생님을 찾으러 갔을 때, 선생님은 이미 얼어붙은 피웅덩이 가운데에 누워 있었다. 선생님은 읍내 병원으로 가는 중에 숨을 거두었다. 그때 타오르는 횃불의 빛 속에서 그는 선생님의 눈을 보았다. 이미 말조차 할 수 없는 상태였던 선생님은 초조하고 걱정스러운 눈빛을 그에게 보냈다. 그는 선생님의 마음을 이해했고 그 걱정을 가슴속에 새겼다.

중학교를 졸업한 그는 읍사무소에서 일할 좋은 기회를 깨끗이 포기했다. 그리고 의지할 데라고는 없는 산골 마을로 돌아왔다. 선생님이 걱정하던 이 산골 학교로 돌아온 것이다. 그때 학교는 아이들을 가르칠 선생님이 없어서 몇 년이나 버려져 있었다.

얼마 전, 국가교육위원회에서 새로운 정책을 내놓았다. 사립 교사 제도를 없애고 그중 일부를 시험을 통해 공립 교사로 바꾼다는 것이었다. 처음 교사증을 받아 들었을 때 이제는 자신이 국가에서 승인하는 초등학교 교사라는 것을 알고 무척 기뻤지만 그게 다였다. 다른 동료들처럼 흥분하지는 않았다. 그는 공립이니 사립이니 하는 것에 연연하지 않았다. 그저 해마다 초등학교 과정을 마치고 삶을 향해 나아가는 아이들에게만 관심을 두었다. 산골을 벗어나든 아니면 산골에 남든, 그들의 삶은 한 번도 학교에 다녀 보지 않은 아이들과는 사뭇 달랐다.

그가 있는 산간 지역은 중국에서 가장 빈곤한 지역 중 하나였다. 그러나 가장 두려운 존재는 빈곤이 아니었다. 그보다 더 두려운 것은 그곳 사람들이 현재의 빈곤에 대해 무감각하다는 것이었다.

수년 전의 일이었다. 마을에서는 국가가 소유한 땅을 집집마다 나누어서 경작하는 제도에 따라 농지를 집집마다 분배했고 다른 물건들도 전부 균등하게 분배하게 됐다. 그런데 마을에 하나뿐인 트랙터를 놓고서 기름값은 어떻게 대고, 기계 사용 시간은 어떻게 나누고 하는 일로 좀처럼 의견이 좁혀지지 않았다. 결국 모두가 받아들일 수 있는 결론은 트랙터를 분해하자는 의견뿐이었다. 트랙터는 정말로 분해되었고 어느 집은 바퀴 하나, 어느 집은 차축 이렇게 뿔뿔이 흩어지고 말았다.

그 이후 지금으로부터 두 달 전쯤에는 이런 일이 있었다. 한 공장에서 가난 구제 활동의 일환으로 마을에 수중펌프를 한 대 설치해 주었다. 전기가 비싼 것을 고려해 공장에서는 디젤엔진 한 대와 충분한 양의 디젤연료까지 준비해 왔다. 너무나 고맙고 잘된 일이었다. 하지만 공장 사람들이 가고나자 마을 사람들은 기계를 싹 다 팔아 치웠다. 디젤엔진까지 포함해 기계 전부를 1,500위안에 팔아 버린 마을 사람들은 그 돈으로 두 끼를 거하게 먹었고 그걸로 좋다고 여겼다.

한번은 한 가죽 공장이 마을로 들어와 공장을 지으려고 땅을 샀다. 사람들은 아무것도 모른 채 땅을 팔아 젖혔다. 공장이 지어진 후에 가죽을 무두질한 폐수가 강으로 흘러들고 우물로 스며들었다. 사람들은 그 물을 마시고 온몸에 두드러기가 돋아 올랐지만 아무도 개의치 않았다. 그저 땅을 좋은 값에 팔았다고

의기양양할 뿐이었다.

결혼도 못 한 마을의 노총각들은 매일같이 도박을 하거나 술을 퍼마시고 농사일은 거들떠보지도 않았다. 그러나 그들은 알고 있었다. 찢어지게 가난하면 대도시에서 언제나 도움을 준다는 것을 말이다. 그 돈은 손바닥만 한 밭뙈기에서 1년 내내 흙을 파서 버는 것보다도 훨씬 많았다. 교육이 없다면 사람이 천박해지고 열악한 자연환경은 사람을 좌절시키는 것이 당연하다. 하지만 그가 정말 이 마을에 가망이 없다고 느낀 것은 이곳 사람들의 생기 없는 눈빛 때문이었다.

그는 걷다 지쳐 길가에 주저앉았다. 맞은편에 호화스러운 음식점이 있었다. 길가 쪽 전체가 통유리로 되어 있어서 화려한 샹들리에의 불빛이 바깥까지 환하게 쏟아졌다. 음식점은 꼭 거대한 어항처럼 보였고, 비싼 옷을 알록달록 차려입은 손님들은 형형색색의 관상용 물고기 같았다.

그는 길가 쪽 테이블에 앉은 뚱뚱한 남자를 발견했다. 남자는 머리와 얼굴이 기름으로 번들거렸다. 흡사 표면에 기름을 바른 밀랍 인형 같기도 했다. 남자는 늘씬한 몸매를 사정없이 드러낸 젊은 여자를 양쪽에 끼고 있었다. 남자가 고개를 돌려 한 여자에게 뭐라고 말하자 그녀는 자지러질 듯 웃었고 남자도 따라 웃기 시작했다. 그러자 다른 한 여자는 뾰로통해서 두 주먹으로 남자를 토닥토닥 때렸다.

'저렇게 키 큰 여자가 있다니. 슈슈의 키는 저 여자들에 비하면 절반밖에는 안 되겠지…….'

그는 한숨을 쉬었다.

'어휴, 또 슈슈를 생각하고 말았네.'

슈슈는 마을에서 유일하게 외지로 출가하지 않은 젊은 여자였다. 평생 한 번도 산골을 떠나 보지 않아서 바깥세상을 두려워하는 것일 수도 있고, 다른 이유가 있는지도 몰랐다. 그와 슈슈는 2년 정도 잘 사귀어서 혼사를 앞두고 있었다. 슈슈네 집 안사람들도 어느 정도 도리를 아는 사람들이었기에 혼례비로 1,500위안만 달라고 했다.

그런데 마을에는 외지로 나가 돈을 잔뜩 벌어온 사내가 있었다. 그와 동갑인 그 사내는 일자무식이었지만 머리를 잘 굴렸다. 시내에서 집집마다 돌아다니며 가스레인지 환풍기를 닦는 일을 해서 1년에 1만 위안씩은 너끈히 벌어들였다. 재작년에 그 무식한 사내가 고향에 돌아와 한 달 동안 있었는데 어찌 된 일인지 슈슈와 가까워졌다.

슈슈네 집은 온 가족이 문맹이었다. 투박하게 지은 집의 벽에는 진흙으로 덕지덕지 붙여 놓은 참외 씨앗이 있었고, 길고 짧은 빗금이 그어져 있었다. 그녀의 아버지가 몇 년째 기록하고 있는 장부였다……. 슈슈는 학교에 다닌 적이 없었다. 하지만 어릴 때부터 글을 배운 사람들에게 호감을 갖고 있었다. 그와 사귀게 된 중요한 이유도 바로 그것이었다. 그런데 무식한 사내가 건넨 싸구려 향수와 도금 목걸이는 이런 호감을 깡그리 잊게 했다.

"배운 게 밥 먹여 주나?"

어느 날 슈슈가 그에게 말했다. 그는 배운 게 밥 먹여 준다는 걸 알았다. 하지만 그의 형편은 무식한 사내와 비교도 되지 않을 정도였기에 아무 말도 할 수 없었다. 슈슈는 그 모습을 보고 뒤돌아 가 버렸다. 인상이 찌푸려지는 싸구려 향수 냄새만을 남기고 말이다.

무식한 사내와 결혼하고 1년 후 슈슈는 아기를 낳다가 죽었다. 그는 산파의 녹슨 칼과 도구들을 똑똑히 기억했다. 그게 다 뭐란 말인가. 슈슈는 정말 재수 없게도 하룻밤을 앓다가 읍내 병원으로 가는 길에 숨을 거두었다.

결혼식을 할 때, 그 무식한 사내는 3만 위안을 썼다. 마을에서 있었던 잔치 중에 최고 수준의 잔치였다. 그런데 어떻게 병원에서 아기 낳을 돈을 아까워한단 말인가? 나중에 그는 병원에서 아기를 낳는 데 드는 돈은 200~300위안이면 된다는 소리를 들었다. 200~300위안밖에 안 되는데. 하지만 이 마을은 언제나 그래 왔다. 아기를 낳을 때 여자들이 병원에 가는 일은 없었다. 그렇기 때문에 무식한 사내를 탓하는 사람이 아무도 없었다. 오히려 슈슈가 그럴 팔자였다고들 말했다.

나중에 들어 보니 무식한 사내의 어머니에 비하면 슈슈는 그래도 운이 좋은 편이었다. 사내의 어머니가 그를 낳을 때 난산으로 고생을 했다. 그런데 무식한 사내의 아버지는 산파에게서 아기가 아들이라는 이야기를 듣고 아기를 살리기로 결정했다. 그래서 사내의 어머니는 당나귀 등에 매달리게 됐다. 계속해서 제자리를 맴도는 당나귀 등에서 억지로 사내를 낳은 어머니는 그길로 목숨을 잃었다.

기억을 떠올린 그의 입에서 긴 한숨이 새어 나왔다. 마을을 뒤덮고 있는 우매함과 절망이 그를 숨 막히게 했다.

그러나 동네 아이들에게는 아직 희망이 남아 있었다. 겨울밤 차디찬 교실 안에서 촛불로 밝힌 칠판을 또랑또랑한 눈으로 바라보는 아이들이다. 촛불은 바로 그 자신이었다. 얼마나 오랫동안 비출 수 있든, 얼마나 밝은 빛을 내든, 그는 처음부터 끝까지 타오를 것이다.

그는 일어나서 계속 걸었다. 그리고 얼마 지나지 않아 한 서점으로 꺾어 들어갔다. 밤에도 문을 연 서점이 있다니, 시내는 역시 이런 점이 좋다. 돌아갈 기찻값만 제하고는 있는 돈을 다 털어서 책을 샀다. 산골 학교의 자그마한 도서실을 채워 줄 책이었다.

깊은 밤, 양손에 무거운 책 꾸러미를 든 그는 집으로 돌아가는 기차에 몸을 실었다.

우주전쟁

지구에서 5만 광년 떨어진 곳, 은하계의 중심에서 2만 년이나 계속되었던 우주전쟁이 마무리에 접어들고 있었다.

우주 어딘가에서 갑자기 사각 모양의 무언가가 어른거리기 시작했다. 찬란하게 빛을 뿜는 별 무리에서 사각형을 잘라 낸 것 같은 모양이었다. 한 변의 길이는 약 10만 킬로미터였고 내부는 주변보다 훨씬 더 어두운 암흑이었다. 마치 허공 속의 허공처럼 보였다.

이 새카만 정사각형 가운데서 어떤 형체가 나타나기 시작했다. 모양은 제각각에 달만큼 컸고 은빛으로 눈부시게 빛나고 있었다. 물체는 갈수록 많아지더니 반듯한 정육면체 형태의 진을 이루었다. 그리고 아주 장엄한 모습으로 검은 정사각형 밖으로 나왔다. 검은 정사각형과 정육면체 진은 우주라는 끝없는 벽에 걸린 모자이크 그림 같았다. 완전흑체*로 이루어진 정사각형 바탕에 가지런하게 모자이크되어 있는 눈부신 순백의 작은 조각들. 우주의 교향곡이 눈에 보인다면 이런 모습일 것 같았다. 검은 정사각형은 점차 별이 흩어져 있는 우주 속으로 녹아들며 사라졌고 많은 별들이 그 자리를 수놓았다. 은색의 방진은 여전히 장엄한 모습으로 별 사이를 떠다녔다.

은하계 탄소 연방의 우주 함대는 이번 항해의 첫 번째 시공간 워프를 무사히 마쳤다.

함대의 지휘함에 탄 탄소 연방의 최고 집정관이 눈앞에 대지처럼 펼쳐진 은색 함정들을 바라보았다. 함정들은 가로세로로 복잡하게 얽혀 무한히 넓은 은색 회로기판 같았다. 가끔 물방울 모양의 소형 함정이 반짝거리며 나타나서는 은빛을 따라서 눈이 뱅뱅 돌 만한 속도로 빠르게 날아다니다가, 갑자기 나타난 깊은 어둠 속으로 소리 없이 사라졌다. 시공간 워프가 몰고 온 우주먼지는 이온으로 분해되어 암홍빛을 뿜는 구름으로 변해 은색 대지를 자욱하게 뒤덮었다.

최고 집정관은 냉정하고 침착하기로 유명했다. 평소 그의 주위를 둘러싼 차분한 하늘색 지능장**은 그의 그런 인격을 잘 드

---

* 빛을 완전히 흡수해서 어떤 색도 전혀 반사하지 않는 물체.

러내 주었다. 하지만 지금 그의 지능장은 주변의 다른 사람들처럼 노란빛을 띠고 있었다.

"마침내 끝이 났군요."

최고 집정관의 지능장이 떨리며 양쪽에 있는 참의원과 함대 총사령관에게 진동으로 정보를 전달했다.

"그렇군요. 끝이 났어요. 전쟁이 실로 너무 길었습니다. 그 시작은 기억조차 나지 않네요."

참의원이 대답했다. 그때, 함대가 아광속*** 순항을 시작했다. 아광속 엔진이 일제히 가속을 시작하자 기함 주변으로 파란 태양 수천 개가 떠올랐다. 무한한 거울 같은 은색 대지 위에 파란 태양이 비추니 태양은 두 배로 늘어났다.

아득한 옛 기억이 다시 떠올랐다. 사실 전쟁의 시작을 누가 잊어버릴 수 있을까? 그 기억은 수백 세대를 거치며 전해졌지만 수조에 이르는 탄소 연방 시민들의 머릿속에 아주 생생하게 각인되어 있었다.

2만 년 전 어느 날, 규소 제국은 은하계 외부에서 탄소 연방을 향해 전면적인 공격을 벌였다. 장장 1만 광년에 이르는 전선

** 지능과 장이 합쳐진 말. 장은 힘의 작용이 일어나는 범위를 말한다. 역장이라고도 하며 중력장, 자기장 등으로 쓰인다.
*** 빛의 속도보다 조금 느리지만 거의 비슷한 속도.

에서 규소 제국의 우주 전함 500만여 척은 동시에 항성 간 워프를 시작했다. 전함들은 우선 항성에서 모은 에너지로 시공 웜홀을 열고, 이 웜홀을 이용해 다른 항성으로 워프했다. 다시 그 항성에서 모은 에너지로 두 번째 항성으로 워프를 이어 나갔다. 웜홀을 여는 데 항성의 에너지를 대량으로 소모했기 때문에 항성의 빛스펙트럼은 일시적으로 붉은색 쪽으로 이동했다가 전함이 워프를 마치고 나면 점점 원래 상태를 되찾았다.

전함 수백만 척이 동시에 항성 간 워프를 하면서 생긴 효과는 공포 그 자체였다. 은하계의 경계를 따라 1만 광년이나 되는 붉은빛의 띠가 생겨났고, 이 띠는 은하계 중심 쪽으로 이동해 나갔다. 광속의 시간에서는 보이지 않는 광경이었지만 초공간 감시 모니터에는 똑똑히 나타났다. 항성으로 이루어진 붉은 띠는 1만 광년만큼 긴 피의 물결처럼 탄소 연방의 영토로 밀려들었다.

탄소 연방에서 규소 제국의 선봉대와 가장 먼저 마주친 것은 녹양성이었다. 쌍성 주위를 공전하는 이 아름다운 행성은 표면이 전부 바다로 뒤덮여 있었다. 생명력이 넘치는 바다 위에는 부드러운 덩굴식물로 이루어진 숲이 둥둥 떠다녔는데, 투명하고 영롱한 몸을 가진 녹양성인들은 바다 위 숲 사이를 경쾌한 몸짓으로 옮겨 다니며 에덴동산 같은 문명을 이루고 살았다.

그런데 별안간 눈부신 빛줄기 수만 가닥이 하늘에서부터 떨어져 내렸다. 규소 제국의 함대가 레이저를 쏘아 녹양성의 바다를 증발시키기 시작한 것이다. 녹양성은 눈 깜짝할 사이에 물이 펄펄 끓는 솥단지로 변해 버렸고, 50억 녹양성인을 포함한 행성의 모든 생물들이 갑자기 끓어오른 뜨거운 물속에서 고통스럽게 죽어 갔다. 그리고 그들이 익어 가면서 생긴 유기질로 바다는 걸쭉한 녹색 수프처럼 변해 버렸다. 바닷물이 전부 증발하고, 아름다웠던 녹양성은 두터운 수증기로 둘러싸여 지옥 같은 회색 행성으로 남겨졌다.

은하계 전체에 영향을 미친 무시무시한 우주전쟁이자 탄소 문명과 규소 문명 사이의 치절한 생존 경쟁이었다. 하지만 이 전쟁이 2만 년 동안이나 이어질 거라고는 어느 쪽도 생각하지 못했다.

지금은 역사학자를 제외하면 함대가 100만 척 이상 출동한 큰 격전이 몇 번이나 있었는지 아무도 기억하지 못한다. 규모가 가장 컸던 격전은 제2 나선팔* 전투였다. 은하계 제2 나선팔 중부에서 일어난 전투에 양쪽은 수천만 대의 우주 전함을 투입했다. 기록에 의하면 그 아득한 전장에서 폭발한 초신성이 무려 2,000개에 이른다고 했다. 제2 나선팔 중부의 암흑 우주 속에

---

* 은하의 중심을 휘감는 팔 모양의 부분.

서 별들이 폭발하면서 일으킨 화염은 그곳을 복사선*의 바다로 만들었고, 유령처럼 남은 검은 블랙홀은 허공을 떠돌았다. 격전의 최후에 양쪽의 우주 전함은 거의 다 소멸하고 말았다.

1만 5000년이 흐르고 제2 나선팔 전투는 가물가물한 태곳적 신화로 전락했다. 옛 전장만이 남아서 그 전투의 존재를 증명하고 있었다. 그러나 옛 전장으로 들어오는 우주선은 거의 없었다. 그곳은 은하계에서 가장 무서운 구역이었다. 꼭 복사선과 블랙홀 때문만은 아니었다. 전투 당시 상상도 못 할 만큼 많은 양쪽 전함들이 초단거리 시공간 워프 전술을 펼쳤기 때문이다. 당시 일부 항성 간 전투기들은 전투 시에 시공간 워프의 거리를 수천 미터 정도로 짧게 잡았다. 그래서 옛 전장의 시공간 구조는 마치 쥐가 이리저리 구멍을 뚫어 놓은 치즈의 내부처럼 너덜너덜한 만신창이가 되어 버렸다.

지나가던 우주선이 혹시라도 이 구역으로 길을 잘못 들면 왜곡된 공간으로 인해 한순간에 가늘고 긴 철사로 늘어지거나, 면적은 수천 제곱킬로미터지만 높이는 원자 몇 개밖에 되지 않는 얇은 막으로 짜부라졌다. 그리고 복사선 광풍을 맞고 가루가 되어 흩어졌다. 그보다 더 자주 일어나는 일은 왜곡된 시간으로 인

* 물체로부터 방출되는 전자기파.

한 일이었다. 우주선이 처음 만들어질 때의 조각조각으로 돌아가거나, 반대로 순식간에 낡아서 허름한 외형만 남기고 내부에 있던 모든 것이 오래된 먼지로 변해 버렸다. 사람도 여기서는 한순간에 배 속의 태아 상태로 돌아가거나 백골이 되어 버렸다.

하지만 최후의 결전은 먼 신화 속의 이야기가 아니라 불과 1년 전에 일어났던 일이다. 규소 제국은 은하계 제1, 2 나선팔 사이의 황량한 우주에 마지막 남은 힘을 끌어모았다. 우주 전함 150만 척으로 조직된 함대는 주위에 반경 1,000광년의 반물질 구름 장벽을 둘렀다. 탄소 연방이 공격을 위해 투입한 전함들은 시공간 워프를 하자마자 반물질 구름 속에 갇혀 버렸다. 반물질 구름은 농도가 아주 희박했지만 살상력이 대단해서 탄소 연방의 전함은 즉각 강렬한 빛을 내는 불덩어리로 변해 버렸다.

그러나 탄소 연방은 여전히 용감하게 목표를 향해 돌진했다. 전함에서 나온 불꽃은 꼬리처럼 늘어지며 뒤로 발광의 흔적을 남겼다. 불을 뿜는 별똥별 30여만 개가 만들어 낸 광경은 이번 전쟁 최고의 볼거리였고 동시에 가장 처참한 장면이었다. 반물질 구름 속에서 별똥별은 점점 잦아들었고, 그들은 규소 제국 전함 대열과 가까운 곳까지 다가가 소멸했다. 탄소 연방의 함대들은 그렇게 앞선 함선의 희생을 발판으로 삼아 결국 반물질 구름 속에서 통로를 열었다. 결국 이 전투에서 패전한 규소 제국의 남은 함대들은 은하계에서 가장 황량한 구역, 제1 나선팔의 가장자리로 강제 소환을 당하고 말았다.

지금, 탄소 연방 함대는 탄소-규소 전쟁의 마지막 임무를 완수하려고 한다. 그들은 제1 나선팔의 중부에 폭이 500광년인 격리 구간을 만들고 그 속에 있는 항성 대부분을 부서뜨려, 규소 제국 함대의 항성 간 워프를 제한하려고 한다. 항성 간 워프는 은하계 대단위 함대가 원거리 공격을 할 수 있는 유일한 방법으로 한 번의 워프로는 최대 200광년을 뛰어넘을 수 있다. 그런데 격리 구간을 만들면 규소 제국의 중형 전함이 은하계 중심 구역으로 들어가기 위해서 아광속으로 500광년을 뛰어넘어야만 한다. 그러니 규소 제국의 함대는 사실상 제1 나선팔의 가장자리에 감금당하게 되는 것이고, 은하계 중심 구역에 있는 탄소 문명에는 어떤 위협도 가할 수가 없게 된다.

"연방 의회의 의견을 가져왔습니다."

참의원이 지능장을 이용해 최고 집정관에게 말했다.

"의회는 격리 구간 안의 항성들을 분쇄하기 전에 생명 보호를 위한 등급 선별을 먼저 진행하기를 강력하게 건의하고 있어요."

"저도 그 의견을 이해합니다."

최고 집정관이 고개를 끄덕이며 말했다.

"이 기나긴 전쟁 속에서 온갖 생명들이 흘린 피는 수천 행성을 피바다로 물들이고도 남았지요. 전쟁이 끝난 후에 은하계에서 가장 절실하게 바로잡아야 할 것은 바로 생명에 대한 존중입니다. 이는 탄소 생명에만 그치는 것이 아니라 규소 생명에 대해서도 마찬가지예요. 이런 존중이 바탕에 깔려 있기에 우리가 규소 문명을 완전히 소멸시키지 않은 것이지요. 하지만 규소 제국은 생명에 대해 우리와 같은 감정을 갖고 있지 않습니다.

예컨대 탄소-규소 전쟁 이전에는 전쟁과 정복이 그들에게 단순한 본능과 즐거움에 불과했다면, 지금은 그것이 그들의 유전자 코드 하나하나에 뿌리박혀 생존의 최종 목적이 됐어요. 규소 생물의 정보 저장, 처리 능력은 우리보다 훨씬 더 수준이 높기 때문에 규소 제국이 제1 나선팔 끄트머리에서 문명을 다시 일으키고 발전하는 것은 금방일 겁니다. 그래서 우리가 탄소 연방과 규소 제국 사이에 충분히 넓은 격리 구간을 만들어야 하는 것입니다.

이런 상황에서 격리 구간 안에 있는 억대의 항성에 생명 등급 선별을 진행하는 것은 비현실적입니다. 제1 나선팔은 은하계에서 가장 황량한 구역에 속하지만 생명이 있는 행성이 딸린 항성의 수는 워프가 가능할 만한 밀도에 이를 것입니다. 그 정도 밀도라면 중형 전함이 너끈히 워프할 수 있을 거고요. 규소 제국의 중형 전함이 탄소 연방의 영역으로 한 척만 들어오더라도 그

피해는 어마어마할 겁니다.

　그러니 격리 구간 안에서는 생명의 유무를 기준으로 하지 않고 문명 수준을 기준으로 등급을 선별할 겁니다. 은하계의 더 많은 상급, 하급 생명을 보호하기 위해서 격리 구간 내 항성의 하급 생명은 희생될 수밖에 없습니다. 이 점은 이미 의회에 설명해 드렸습니다."

　"의회 또한 최고 집정관님과 연방 방어 위원회의 의견을 존중합니다. 그래서 법률 제정이 아닌 그저 건의를 하는 것이지요. 그렇지만 격리 구간 안이라도 주위에 3C급 이상의 문명이 있는 항성이라면 무조건 보호해야 합니다."

　"그 점에는 이견이 없습니다."

　최고 집정관의 지능장이 확고하다는 듯 붉은색으로 어른거렸다.

　"격리 구간 내 행성이 딸린 항성의 문명 조사는 철저하게 이루어질 것이오."

　함대 총사령관의 지능장이 처음으로 메시지를 보내왔다.

　"사실 두 분 생각이 너무 깊은 듯합니다. 제1 나선팔은 은하계에서 제일 황량한 곳인데 그런 곳에 3C급 이상의 문명이 있을 리가요."

　"그러기만을 바라야죠."

최고 집정관과 참의원이 동시에 말했다. 두 지능장이 크게 떨리자 아치형 플라스마의 물결이 은색 대지의 상공으로 퍼져 나갔다.

함대는 두 번째 시공간 워프를 시작하더니 무한에 가까운 속도로 은하계 제1 나선팔을 향해 치달았다.

마지막 수업

깊은 밤, 촛불을 켜 놓고 아이들이 선생님의 침대를 둘러싸고 있었다.

"선생님, 그만 쉬세요. 내일 해도 되잖아요."

한 남자아이가 말했다. 그는 힘겹게 쓴웃음을 지었다.

"내일은 내일 치 수업을 해야지."

그는 정말 내일로 미룰 수 있다면 좋겠다고 생각했다. 그러면 수업을 한 번 더 할 수 있을 테니까. 그러나 그럴 수 없을지도 모른다는 직감이 들었다.

그가 손짓을 하자 한 아이가 작은 칠판을 그의 가슴 앞 이불 위에 놓았다. 최근 한 달 동안 이렇게 수업을 했다. 그는 힘없는 손으로 아이가 건넨 분필 절반을 받아 들고 칠판에 앞머리를 힘겹게 가져다 댔다. 그때 또다시 극심한 통증이 찾아왔다. 손이 몇 차례 떨리고 분필이 칠판에 탁탁 소리를 내며 하얀 점을 찍었다.

도시에 있는 큰 병원에서 돌아온 후 다시는 병원에 가지 않았다. 두 달이 지나자 간 쪽에서도 통증이 일기 시작했다. 그는 암세포가 이미 간까지 전이되었다는 것을 알았다. 통증은 갈수록 심해졌고 결국 그 어떤 것보다도 고통스러워졌다.

그는 한 손으로 베개 아래를 뒤져 진통제를 꺼냈다. 흔하게 볼 수 있는 길고 납작한 플라스틱 판에 포장된 알약이었다. 암 말기의 통증에 이런 약은 이미 어떤 효과도 볼 수 없었다. 그러나 심리적인 암시 덕분인지 먹고 나면 조금 나아지는 느낌이었다. 진통제 중 하나인 돌란틴이 그다지 비싼 편은 아니었지만 병원에서는 쉽게 처방해 주지 않았다. 설사 가져온다 하더라도 주사를 놓아 줄 사람이 없었다.

그는 평소대로 플라스틱 포장지에서 약을 두 알 끄집어냈다. 그러다가 잠시 생각을 하더니 마지막으로 남은 열두 알을 전부 까서 한입에 털어 넣고 삼켰다. 약이 더는 쓸모없다는 사실을 그도 알고 있었다. 다시 칠판에 글씨를 쓰려고 노력했지만 머리가 갑자기 한쪽으로 기울었다. 한 아이가 얼른 대야를 그의 입가에 가져다 댔다. 그는 대야에 검붉은 피를 토해 내더니 베개에 힘없이 기대 숨을 몰아쉬었다.

아이들이 낮게 흐느끼며 울었다.

그는 칠판에 글씨 쓰는 것을 포기하고 맥없이 손을 저어 칠판을 치우게 했다. 그리고 기어 들어가는 소리로 이야기하기 시작했다.

"오늘 수업은 지난번처럼 중학교 과정이야. 원래 수업 계획에 있는 건 아니지만 너희 대부분이 중학교 수업은 평생 들어 보지 못할 것 같다는 생각이 들더구나. 그래서 나도 마지막이고 하니 조금 더 깊이 있는 학문이 어떤 것인지 너희에게 알려 주려고 해. 어제 배운 루쉰의 「광인일기」는 알아듣기가 어려웠을 거야. 이해를 하든지 못 하든지 일단 여러 번 보거라. 외울 수 있다면 가장 좋고. 너희가 크고 나면 다 이해가 될 거야. 루쉰은 아주 대단한 사람이란다. 그 사람이 쓴 책은 중국인 모두가 꼭 읽어야만 해. 너희도 나중에 꼭 찾아서 읽어 봐."

그는 힘에 부쳐서 잠시 숨을 고르며 타오르는 촛불을 바라보았다. 그러자 문득 루쉰의 문장이 머릿속에 떠올랐다. 「광인일기」도 아니고 교과서에 나오는 문장도 아니었다. 이제는 권수도 모자라고 하도 여러 번 봐서 책장이 다 닳아빠진 『루쉰 전집』에서 읽은 부분이었다. 수년 전 처음 읽었을 때, 그 내용이 가슴 깊이 와닿았다.

창문도 없고 부술 수도 없는 무쇠로 된 방이 있네. 그 안에서 잠든 사람들은 얼마 못 가 질식해 죽고 말겠지. 하나 깊이 잠든 상태로 죽을 테니 고통을 느끼지는 못할 거야. 그런데 지금 당신이 고래고래 소리 질러서 아직 정신을 잃지 않은 몇 사람을 깨우는 거야. 이 불행한 사람들은 임종의 괴로움을 피할 길이 없겠지. 그런데도 그들한테 떳떳할 수 있겠나?

그렇지만 몇 사람이 깨어난다면 무쇠로 된 방을 절대로 부술 수 없다고 할 수는 없겠지.

그는 마지막 힘을 짜내어 계속 이야기했다.

"오늘은 중학교 물리를 배울 거야. 물리는 이전에 들어본 적이 없을 텐데 물질세계의 이치를 이야기하는 아주 깊고 심오한 학문이란다. 이번 수업에서는 뉴턴의 세 가지 법칙을 이야기해 보자. 뉴턴은 옛날 영국의 대과학자였어. 이 사람이 세 가지 법칙을 말했는데 그게 아주 신기하단다. 사람은 물론이고 세상에 있는 모든 물건에 이 법칙을 적용할 수가 있어. 하늘 위로는 태양과 달에서부터 아래로는 흐르는 물과 바람까지 이 법칙의 범위를 벗어날 수가 없지.

이 세 법칙만 있으면 일식, 그러니까 할아버지들이 이야기하는 개가 태양을 잡아먹는 일이 언제 일어나는지 알 수 있단다.

일분일초도 틀림이 없어. 사람이 달나라까지 간 것도 다 이 세 법칙 때문이지. 바로 뉴턴의 세 가지 법칙 말이야.

이제 제1 법칙을 알려 주마. 물체에 외부의 힘이 작용하지 않으면 정지 혹은 일정한 속도로 운동하는 상태가 변하지 않는다."

아이들은 촛불 속에서 아무런 반응도 하지 않고 조용히 그를 바라만 보았다.

"그러니까 네가 타작마당에서 연자방아를 힘껏 밀면 그게 계속 굴러간다는 거야. 땅끝, 하늘 끝까지 말이지. 바오주는 왜 웃는 걸까? 그래, 당연히 그렇게 되지 않아. 마찰력이라는 게 있으니까. 마찰력이 연자방아를 멈추게 할 거야. 이 세계에서 마찰력이 없는 환경이란 없단다……."

그렇다. 그의 인생은 마찰력이 너무나 컸다. 외지인이었기에 처음부터 무시당했고, 고집스러운 성격 탓에 최근 몇 년 동안은 마을 사람들에게 눈엣가시가 됐다. 집집마다 찾아다니며 아이들을 학교에 보내도록 재촉하질 않나, 아버지와 장사를 하고 있는 아이를 시내까지 쫓아가 학비 걱정 말라며 큰소리를 떵떵 치고 학교로 데려가질 않나……. 고마워할 거라는 기대는 하지 않았다. 그저 그가 삶을 대하는 방식이 주위 사람들과 많이 다르다는 것이 문제였다. 온종일 생각하고 말하는 것이 마을 사람들과는 동떨어져 있으니 그런 모습이 미움을 받은 것이다.

그가 병이 있다는 것을 알기 전에는 이런 일이 있었다. 그가 현에 있는 교육국에서 학교 수리 명목으로 돈을 받아 왔는데, 마을 사람들은 그 돈에서 일부를 떼어 내 극단을 불러다가 공연을 벌이려고 했다. 하지만 그가 훼방을 놓고 말았다. 현의 부현장을 불러다가 마을 사람들이 돈을 다시 뱉어 내게 만든 것이다. 무대까지 다 만들었는데 말이다. 우여곡절 끝에 학교는 고쳤지만 사람들의 흥을 다 깬 바람에 그는 그 이후의 생활이 더 힘들어졌다.

제일 먼저 촌장의 조카인 마을 전기공이 학교로 들어오는 전기를 끊어 버리더니, 이어서 밥 짓고 난방 할 땔감도 나눠 주지 않았다. 그는 밭도 내팽개치고 혼자 산에 가서 땔감을 구해 오는 고생도 했다. 나중에 사람들과 서까래 때문에 싸운 일은 말할 것도 없었다. 그의 인생에서 마찰이 생기지 않는 곳이 없었고, 그는 지칠 대로 지쳐 도저히 일정한 속도로 직선운동을 할 수가 없었다. 그저 늘 멈추어 설 수밖에 없었다.

아마 곧 가게 될 그 세계에는 마찰력도 없을 것이고, 모든 것이 매끈매끈하고 부드러울 것이다. 그러나 그게 무슨 의미가 있을까? 몸이 그곳에 있어도 마음은 여전히 이 먼지와 마찰력으로 가득한 세계에 머물러 있을 것이다. 자신의 생명 전부를 쏟아부은 산골 마을 학교에 말이다.

그가 떠나고 나면 남은 두 선생님도 이곳을 떠날 것이고, 그러면 그가 한평생 이끌어 온 초등학교가 타작마당의 연자방아처럼 멈출 것이다. 그는 깊디깊은 슬픔으로 빠져들었다. 그러나 이 세계든 저 세계든 시간을 되돌릴 도리는 없었다.

"뉴턴의 제2 법칙은 조금 어려울 테니까 맨 마지막에 이야기하자꾸나. 우선 뉴턴의 제3 법칙을 알려 줄게. 한 물체가 다른 물체에 힘을 가하면 다른 물체도 그 물체에 힘을 가하는데, 이 두 힘은 크기가 같고 방향이 다르다."

아이들은 다시 긴 침묵에 빠졌다.

"알아들었니? 누가 말해 보련?"

반에서 공부를 제일 잘하는 자오라바오가 말했다.

"무슨 뜻인지 알겠는데 설명을 잘 못 하겠어요. 낮에 저하고 리취안구이가 싸웠거든요. 걔가 제 얼굴을 이렇게 아프게 때려서 퉁퉁 부었어요. 그러니까 힘이 똑같지 않았어요. 제가 받은 힘이 더 컸다고요!"

그가 숨을 한참이나 몰아쉬더니 설명해 주었다.

"네가 아픈 것은 네 볼이 취안구이의 주먹보다 약해서지. 그둘 사이에 작용하는 힘은 똑같은 크기란다……."

그는 손짓을 하려 했지만 더 이상 손을 들어 올릴 수가 없었다. 팔다리가 쇳덩어리처럼 무겁게 느껴졌고 그 무게감은 금세

온몸으로 퍼져 나갔다. 자신의 육체가 침대를 내리누르고 지하
로 가라앉는 것만 같았다.

시간이 얼마 남지 않았다.

3C급 문명 테스트

"일련번호 1033715, 절대등급 3.5, 진화 단계 주성*은 상위 등급, 딸린 행성 두 개, 평균 궤도 반경은 각각 1.3과 4.7거리 단위입니다. 첫 번째 행성에서는 생명이 발견됐음. 이상 레드 69012호에서 보고드렸습니다."

탄소 연방의 우주 함대에 속한 전함 10만 척은 1만 광년이나 되는 좁고 긴 구역에 흩어져 있었다. 그 구역은 방금 세운 격리 구간이었다. 막 시작된 작업에서 항성 5,000개를 시험 삼아 부수어 보니 그중 행성이 딸린 것은 137개, 행성에 생명이 있는 곳은 딱 한 군데였다.

"제1 나선팔은 정말 황량하군."

---

* 서로 끌어당기는 힘 때문에 동일한 무게중심을 두고 일정한 주기로 공전하는 두 개의 항성 중 더 밝은 별.

최고 집정관이 혼잣말을 뱉었다. 그의 지능장이 떨리더니 홀로그램이 나타나 발아래의 기함과 머리 위 하늘을 가리고, 그와 함대 총사령관, 참의원을 시커멓게 펼쳐진 끝없는 허공 위에 띄워 놓았다. 이어서 탐측기가 보내온 영상을 전송하자 허공에는 푸른빛을 발하는 불덩어리가 나타났다. 최고 집정관의 지능장이 하얀 틀을 만들어 크기를 조정하더니 항성이 내뿜는 빛이 흐릿해졌고 이내 항성 자체를 가려 버렸다. 그들은 다시 끝없는 암흑 속으로 빠져들었다. 그런데 캄캄한 어둠 속에서 아주 작디작은 노란색 불빛이 보였다. 영상의 초점을 조정하니 행성의 이미지가 눈 깜짝할 사이에 커지면서 금세 허공의 절반을 차지했다. 세 사람은 노랗게 반사된 빛에 물들었다.

농도가 짙은 대기로 둘러싸인 행성이었다. 샛노란 기체의 바다에는 용솟음치는 대기가 복잡하게 뒤얽혀 변화무쌍한 선을 그려 내고 있었다. 행성의 이미지는 그들이 보고 있던 우주를 전부 삼켜 버릴 때까지 계속해서 다가왔고 세 사람은 누런 기체의 바닷속으로 빠져들었다. 탐측기가 그들을 데리고 짙은 안개 속을 뚫고 날았다. 안개가 옅어지고 그들은 이 행성의 생명을 발견했다.

그것은 농도 짙은 대기의 상층을 떠다니는 풍선 모양의 생물이었다. 겉에는 아름다운 무늬가 있었는데 그 무늬는 색깔과 모양이 쉼 없이 바뀌었다. 선 무늬이기도 하다가 반점 무늬가 나타나기도 했는데 그게 시각 언어인지 아닌지는 알 수 없었다. 풍선들은 각자 긴 꼬리를 달고 있었고 꼬리의 끄트머리는 이따금씩 깜빡였다. 그 빛은 긴 꼬리를 따라 풍선으로까지 전해져 형광빛을 뿜어냈다.

"4차원 스캔을 시작합니다!"

레드 69012호 함정의 당직 장교가 말했다. 미세한 빔이 풍선들을 재빨리 위에서 아래로 스캔했다. 빔을 이룬 빛줄기는 원자 몇 개 정도의 굵기였지만 그 속의 공간은 외부 우주보다 한 차원이 높았다. 스캔한 데이터는 함정으로 보내졌고 메인 컴퓨터의 메모리 속에서 수억 겹으로 납작하게 잘렸다. 한 겹의 두께가 원자 하나 정도밖에 되지 않았다. 이 얇은 막 위에는 쿼크* 의 상태가 전부 자세하게 기록됐다.

"데이터 미러링 시작!"

메인 컴퓨터의 메모리 속에서 그 수억 겹의 파편은 원래 순서대로 겹쳐졌고 순식간에 가상 풍선을 조합해 냈다. 컴퓨터 내부에 구성된 광활한 데이터의 우주 속에 이 행성의 생물체가 완벽하게 복제된 것이다.

---

* 양성자, 중성자와 같은 소립자를 구성하고 있다고 생각되는 기본 입자.

"3C급 문명 테스트 시작!"

데이터의 우주 속에서 컴퓨터는 풍선의 사고 기관을 정확하게 짚어 냈다. 풍선 내부에 복잡하게 뒤엉킨 신경망 가운데에 걸린 타원체였다. 컴퓨터는 순식간에 대뇌의 구조를 분석해 냈고 모든 하위 기관을 스캔해 똑같은 고속 데이터 인터페이스를 만들어 냈다.

문명 테스트는 방대한 데이터베이스 속에서 임의로 문제를 골라 묻고, 테스트 대상이 그중 세 문제에 맞는 답을 하면 테스트에 통과되는 형식이었다. 우선 첫 세 문제를 다 맞히지 못하면 테스터는 두 가지 선택을 할 수 있었다. 테스트에 통과하지 못했다고 보거나 계속해서 추가 테스트를 하는 것이다. 테스트 문제 수에는 제한이 없고 계속 문제를 내서 테스트 대상이 세 문제를 맞히면 테스트에 통과한 것으로 보았다.

"3C 문명 테스트 1번. 물질을 구성하는 최소 단위에 대해 당신들이 알아낸 대로 설명하라."

풍선이 대답했다.

"띠띠, 뚜뚜뚜, 띠띠띠띠."

"1번 테스트 불합격. 3C 문명 테스트 2번. 물체의 열에너지 흐름에 대해 어떤 특징을 관찰했는가? 이는 가역인가 비가역인가?"

"뚜뚜뚜, 띠띠, 띠띠뚜뚜."

풍선이 대답했다.

"2번 테스트 불합격. 3C 문명 테스트 3번. 원의 둘레와 그 지름의 비율은 얼마인가?"

"띠띠띠띠뚜뚜뚜뚜뚜."

풍선이 대답했다.

"3번 테스트 불합격. 3C 문명 테스트 4번……."

테스트가 10번에 이르자 최고 집정관이 말했다.

"여기까지 하지. 시간이 많지 않아."

최고 집정관은 뒤돌아서서 옆에 있는 함대 총사령관에게 자신의 의사를 표시했다. 그러자 함대 총사령관이 즉시 명령했다.

"특이점 폭탄 발사!"

특이점 폭탄은 사실 크기 자체가 없었다. 엄밀히 따지면 기하학적인 점이나 마찬가지여서 원자 하나도 그에 비하면 무진장 컸다. 물론 질량은 굉장히 커서 가장 큰 특이점 폭탄의 질량이 수백억 톤, 가장 작은 것이 수천만 톤이나 됐다. 특이점 폭탄 하나가 레드 69012호의 무기고에서 레일을 따라 미끄러져 나올 때, 눈에 보이는 것이라고는 지름이 수백 미터인 희미한 형광 구체뿐이었다. 이 형광 구체는 주위의 우주먼지가 마이크로 블랙홀로 빨려 들어가면서 생긴 빛이었다. 이는 항성의 중력이 붕

괴되어 생긴 블랙홀과는 달랐다. 우주 생성 초기에 만들어진 이 작은 블랙홀은 빅뱅이 일어나기 전 특이점에 불과했던 우주의 축소판이었다.

탄소 연방과 규소 제국 모두 방대한 규모의 함대를 갖고 있었다. 그들은 은하면 밖의 검은 황무지를 순찰하다가 이런 마이크로 블랙홀을 찾아냈다. 바다 행성에서 사는 사람들은 그런 함대를 농담 삼아 원양어선이라고 불렀다. 그 함대들이 가져온 것은 은하계에서 가장 위협적인 무기 중 하나였고 현재까지 항성을 없애 버릴 수 있다고 알려진 유일한 무기였다.

특이점 폭탄은 레일을 떠난 후 함선에서 방출하는 역장을 따라 가속하며 목표 항성을 향해 곧바로 돌격했다. 잠시 후 먼지 한 톨만 한 블랙홀이 항성 표면의 불바다로 뛰어들었다. 태평양 한가운데에 갑자기 반경 100킬로미터짜리 우물이 나타났다고 상상해 본다면 이 광경이 어떨지 알 수 있을 것이다. 이내 엄청난 양의 항성 물질이 블랙홀로 빨려 들기 시작했다. 사방에서 솟아난 물질들이 한 지점으로 모여들어 사라졌다. 물질이 빨려 들어가며 생긴 복사열은 항성 표면에서 강렬한 광채를 내며 구체로 빛났다. 마치 항성이 휘황찬란한 다이아몬드 반지를 낀 것 같았다.

블랙홀이 항성 내부로 들어가자 빛 덩어리는 점차 어두워졌다. 블랙홀은 지름이 수백만 킬로미터에 이르는 소용돌이 정중앙에 위치했다. 그 거대한 소용돌이는 빛 덩어리의 강렬한 빛을 반사시키며 천천히 맴돌았다. 시시각각 변하는 색깔 때문에 항성은 마치 자꾸만 일그러지는 거대한 얼굴처럼 보였다. 빛 덩어리가 금세 사라지자 소용돌이도 점점 작아지고 항성의 표면은 원래의 색과 빛깔을 회복했다.

그러나 이는 소멸하기 직전의 마지막 평화였다. 블랙홀이 항성의 중심부까지 깊게 가라앉자 이 탐욕스러운 포식자는 밀도가 급격하게 높아진 주변의 물질들을 더 게걸스럽게 집어삼켰다. 일 초 만에 흡입한 항성 물질의 총량은 웬만한 중형 행성 수백 개 수준이었다. 블랙홀이 엄청난 양의 물질을 흡입할 때 생긴 초강력 복사열이 항성 표면에까지 뻗어 나왔지만, 항성 물질에 가로막혀 일부만 표면까지 나올 수 있었다.

항성 내부의 복사열로 남은 에너지는 항성의 세포 하나하나를 빠르게 붕괴시키면서 균형 상태를 찾아 나갔다. 우주에서 보이는 항성의 색은 옅은 빨강에서 밝은 노랑으로, 노랑에서 산뜻한 초록으로, 초록에서 선명한 파랑으로, 파랑에서 으스스한 보라로 천천히 뒤바뀌었다. 이제 항성 중심의 블랙홀에서 생겨나는 복사에너지가 항성 자체의 복사에너지보다도 훨씬 더 컸다. 감당하기 어려운 에너지가 비가시광선 형태로 항성을 덮치면서 보라색은 점점 짙어졌다. 항성은 극한의 고통을 참아 내는 우주의 영혼처럼 보였다. 고통은 급격하게 심해졌고 보라색은 이제 궁극의 한계까지 짙어졌다. 그렇게 이 항성은 불과 한 시간을 넘기지 못하고 수십억 년의 여정을 끝내 버렸다.

우주 전체를 집어삼킬 듯 강력한 섬광이 번뜩하고는 점차 수그러들었다. 이어서 항성이 원래 있던 자리에서 얇은 막이 빠른 속도로 퍼져 나갔다. 폭발한 항성의 표면이 풍선이 터질 때처럼 밖으로 뻗어 나가는 것이다. 얇은 막의 부피가 점점 커지면서 투명하게 변하자 그 내부에서 마찬가지로 부풀어 오르는 두 번째 막이 보였다. 더 깊은 곳에는 세 번째 막이 있었다. 마치 우주에 갑자기 나타난 여러 겹의 영롱한 유리구슬처럼 보였다. 그중 가장 깊은 곳에 있는 막의 부피도 항성 원래 부피의 수십만 배가 넘는 크기였다.

폭발한 항성의 첫 번째 막이 샛노란 행성을 뚫고 지나갈 때 행성은 즉시 기체로 변해 버렸다. 사실 이 웅장하고 아름다운 폭발에서 작은 행성은 눈에 띄지도 않았다. 퍼져 나가는 항성의 폭발층에 비하면 행성은 보잘것없는 먼지 한 톨 크기밖에 되지 않았고 커다란 유리구슬에 작은 점으로도 남지 못할 만큼 작았던 것이다.

"기분이 좀 그렇죠?"

함대 총사령관이 물었다. 최고 집정관과 참의원의 지능장이 어두워진 것을 본 것이다.

"또 다른 생명의 세계가 파멸했군요. 태양 아래 이슬처럼 말이죠."

"위대한 제2 나선팔 전투를 생각해 보십시오. 초신성 2,000 개가 폭발할 때 12만 개의 세계와 탄소, 규소 양쪽의 함대가 함께 증발해 버렸습니다. 각하, 이제 우리는 이런 의미 없는 감상에 젖어서는 안 됩니다."

참의원은 함대 총사령관의 말에는 아랑곳하지 않고 최고 집정관에게 이야기했다.

"행성 표면의 무작위 지점을 측정하는 방식은 믿을 만하지 못해요. 문명이 있다는 신호를 빠트릴지도 모릅니다. 면적당 측정 방식으로 진행해야 합니다."

"그 점은 저도 의회와 함께 토론했습니다. 격리 구간 안에서 우리가 분쇄해야 할 항성은 수억 개입니다. 행성계로는 대략 1000만 개, 행성 수는 5000만 개쯤 되겠죠. 우리에겐 시간이 없어요. 모든 행성에 면적당 측정을 실시한다는 건 비현실적입니다. 최대한 측정 빔의 범위를 넓게 해서 무작위 지점이 커버하는 면적을 넓혀야 해요. 그 외에는 그저 격리 구간 안에 존재할지도 모르는 문명이 그 행성 표면에 고르게 분포되어 있기를 빌 수밖에요."

"이제부터 뉴턴의 제2 법칙을 이야기해 보자."

그는 마음이 너무나 급했다. 허락된 시간 내에 하나라도 더 아이들에게 알려 주고 싶었다.

"한 물체의 가속도는 받은 힘에 정비례하고 질량에 반비례한다. 우선 가속도는 시간에 따른 속도의 변화율이란다. 이건 그냥 속도하고는 달라. 속도가 크다고 해서 가속도가 항상 크다고 할 수는 없어. 가속도가 크다고 해서 속도가 꼭 크다고 할 수도 없고.

예를 들어 보자. 한 물체의 속도가 초속 110미터이다가 2초 후에 초속 120미터가 됐어. 그러면 그 가속도는 120 빼기 110 나누기 2, 그러니까 초속 5미터야. 아, 아니, 5미터 매 초 제곱(㎧)이야. 그리고 현재 속도가 초속 10미터이다가 2초 후에 초속 30미터가 되는 물체가 있어. 가속도가 30 빼기 10 나누기 2, 10미터 매 초 제곱이지. 봐, 나중에 나온 물체가 속도는 느리지만 가속도는 더 크지! 하하. 방금 말한 제곱이라는 것은 그 숫자에 똑같은 숫자를 곱하는 걸 말하는 것이란다……."

정신이 이토록 또렷한 것이 놀랍기만 했다. 머리가 이렇게 빠르게 돌아가다니, 그는 생명의 불꽃이 초 끝까지 타들어 갔다는 것을 알 수 있었다. 심지가 쓰러지고 마지막 남은 초가 타오를 때는 그 전보다 열 배는 환하게 타오르는 법이다. 극심한 통증도 가시고 몸도 가벼웠다. 이제는 신체의 존재 자체가 느껴지지도 않았다. 온몸에 생명의 기운이라고는 미칠 듯 돌아가는 대뇌에만 남은 듯했다. 허공에 대롱대롱 매달린 그의 대뇌는 안간힘을 쓰고 있었다. 최대한 많이, 최대한 빠르게 자신에게 저장된 정보를 아이들에게 전해야 했다.

그런데 입이 뜻대로 움직이지 않아 애를 먹었다. 이제 늦었다는 느낌과 함께 그는 환상에 빠져들었다. 수정같이 투명한 도끼가 자신의 대뇌를 소리 없이 열어젖혔다. 많지는 않지만 자신이 소중하게 여긴, 평생 동안 쌓은 반짝이는 구슬 같은 지식들이 남김없이 바닥에 흩뿌려졌다. 귀를 간지럽히는 소리가 울려 퍼지고 아이들은 새해맞이 사탕을 본 것처럼 앞다퉈 구슬을 한 무더기씩 그러모았다. 환상이 그를 행복하게 만들었다.

"알아들은 거니?"

그가 재촉하듯 물었다. 그의 눈에는 이미 곁에 있는 아이들의 모습이 보이지 않았다. 그래도 목소리만은 들을 수 있었다.

"알아들었어요! 선생님, 어서 쉬세요!"

그는 마지막 불꽃이 약해지는 것을 느꼈다.

"못 알아들은 거 다 안다. 그래도 다 외워 놓아라. 나중에 천천히 알게 될 거야. 한 물체의 가속도는 받은 힘에 정비례하고 질량에 반비례한다.”

“선생님, 정말 알아들었어요. 제발 좀 쉬세요!”

그는 마지막 힘을 끌어 모아 소리쳤다.

“외워!”

아이들은 훌쩍거리며 그의 말을 그대로 외우기 시작했다.

“한 물체의 가속도는 받은 힘에 정비례하고 질량에 반비례한다. 한 물체의 가속도는 받은 힘에 정비례하고 질량에 반비례한다…….”

수백 년 전에 흙으로 돌아간 천재의 머리에서 탄생한 생각이 20세기 중국의 가장 외딴 산촌에서 사투리 섞인 앳된 목소리로 메아리치고 있었다. 그 소리와 함께 촛불은 서서히 꺼져 갔다.

아이들은 생명을 잃은 선생님을 둘러싸고 목 놓아 울기 시작했다.

고독한 진화

"일련번호 500921473, 절대등급 4.71, 진화 단계 주성은 가운데 등급, 딸린 행성 아홉 개. 이상 블루 84210호에서 보고드렸습니다."

"정교하고 완벽한 행성계군요."

함대 총사령관이 감탄했다. 최고 집정관도 이에 동감했다.

"그렇군요. 고체 상태의 작은 행성과 기체 상태의 큰 행성의 배치가 아주 조화로워요. 소행성대의 위치도 적당한 게 꼭 예쁜 장식 고리 같네요. 가장 바깥쪽에 있는 작은 메탄 얼음 행성은 이 행성계의 음악에서 긴 여운을 남기는 마지막 음표 역할을 하는 것 같아요. 새로운 시작을 암시하는 거죠."

"블루 84210호에서 보고드립니다. 가장 안쪽 1호 행성에 생명 측정을 실시합니다. 측정 빔을 발사합니다. 본 행성은 대기가 없고 느리게 자전하고 있으며 온도차가 큽니다. 1호 무작위 선별 지점 테스트 결과, 흰색입니다. 2호 무작위 선별 지점 테스트 결과, 흰색입니다. …… 10호 무작위 선별 지점 테스트 결과, 흰색입니다. 블루 84210호에서 보고 드립니다. 본 행성에는 생명이 존재하지 않습니다."

함대 총사령관이 못마땅한 듯 말했다.

"이 행성의 표면 온도는 용광로나 마찬가지다. 시간 낭비할 것 없어."

"2호 행성에 생명 측정을 시작합니다. 빔을 발사합니다. 본 행성은 대기가 밀집되어 있고 표면 온도가 비교적 높고 균일하며 대부분이 산성 구름층으로 뒤덮여 있습니다. 1호 무작위 선별 지점 테스트 결과, 흰색입니다. 2호 무작위 선별 지점 테스트 결과, 흰색입니다. …… 10호 무작위 선별 지점 테스트 결과, 흰색입니다. 블루 84210호에서 보고 드립니다. 본 행성에는 생명이 존재하지 않습니다."

최고 집정관은 4차원 통신을 통해서 1,000광년 밖에 있는 블루 84210호의 당직 장교에게 말했다.

"3호 행성에 생명이 존재할 가능성이 크다는 직감이 드는군. 거기는 서른 군데를 선별해 테스트하게."

"각하, 시간이 없습니다."

함대 총사령관이 말렸지만 최고 집정관은 고집을 부렸다.

"내 말대로 하세요."

"네. 각하. 3호 행성에 생명 측정을 시작합니다. 빔을 발사합니다. 본 행성은 중등 수준 밀도의 대기가 있고 표면의 대부분은 바다로 뒤덮여 있습니다."

우주에서 온 생명 측정 빔이 아시아 대륙의 남쪽에 닿았다. 빔의 빛줄기는 지면에 약 5,000미터 크기로 원을 만들었다. 만약 낮이라면 육안으로도 빔의 존재를 관찰할 수 있을 것이다. 빔이 바닥에 닿는 순간 그 범위 내에 있는 무생물들이 전부 투명한 상태로 변하기 때문이다. 빔이 뒤덮은 중국 서북부 산골짜기의 황토 산은 마치 수정 산맥처럼 보였고, 햇볕이 산맥으로 내리쬐는 모습은 기이한 장관을 연출했다.

누군가 이를 유심히 관찰했다면 발아래의 대지가 깊이를 가늠할 수 없는 심연으로 변하는 것을 보았을 것이다. 빔에 의해 생명이 있다고 판단된 물체들은 원래의 상태를 유지하며 모습이 바뀌지 않는다. 그래서 사람이나 나무, 풀 등은 이 수정 세계에서 더할 나위 없이 똑똑히 보였다. 그러나 그 상태가 유지되는 시간은 0.5초밖에 되지 않았다. 빔은 그 짧은 시간 내에 측정을 마쳤고 모든 것이 원래대로 돌아갔다. 혹시라도 이를 본 사람은

분명히 자신이 한순간 환각을 보았다고 착각했을 것이다. 그러 ·
나 지금은 깊은 밤이었고 당연히 아무것도 보이지 않았다.

그 순간, 빔으로 뒤덮인 원형의 구역 가운데에 때마침 산골
마을 초등학교가 있었다.

"1호 무작위 선별 지점 테스트 결과…… 녹색, 녹색입니다!
블루 84210호에서 보고드립니다. 일련번호 500921473, 3호
행성에서 생명이 발견됐습니다!"

측정 빔은 범위 내에 있는 수많은 생명체를 분류했다. 생명
체의 구조가 복잡한 정도, 지능 수준 등급으로 데이터베이스상
에서 서열을 매기자, 사각형 엄폐물 아래에 있는 생명체가 가장
으뜸이라는 결과가 나왔다. 빔의 범위가 재빨리 수축되어 그 엄
폐물 위에 집중됐다.

최고 집정관의 지능장이 블루 84210호에서 보낸 영상을 받
아서 우주를 배경으로 크게 펼쳐 보였다. 산골 초등학교의 영상
이 순식간에 온 우주를 차지했다. 영상처리 시스템이 이미 엄폐
물을 제거했지만 생명체의 모습은 또렷하지 않았다. 점차 모습
이 드러난 생명체의 외형은 정말 보잘것없었다. 주로 규소 원소
로 이루어진 행성 표면의 황색 토양과 한 덩어리처럼 보였다.

컴퓨터는 하는 수 없이 이 생명체들 한가운데 있는 생명을 잃

은 커다란 신체를 포함한 영상 속 모든 무생물을 숨겨 버렸다. 그렇게 하자 살아 있는 생명체들은 허공에 둥둥 떠 있는 것처럼 됐다. 하지만 그들은 여전히 누런 식물처럼 무미건조하고 단조롭게 보였다. 척 보기에도 어떤 기적도 일으키지 못할 그저 그런 생물로 보였다.

아주 미세한 4차원 빔이 블루 84210호에서 발사됐다. 달만한 크기의 이 우주 전함이 목성 궤도 바깥쪽에 정박하자 태양계에는 잠시 행성이 하나 더 늘어나게 됐다. 4차원 빔은 3차원 우주 속에서 무한에 가까운 속도로 지구에 가까워졌다. 빔은 산골 마을 초등학교 숙소의 지붕을 뚫고 소립자와 같은 밀도로 열여덟 명의 아이들을 스캔했다. 엄청난 양의 데이터가 인류로서는 상상도 못 할 속도로 우주를 향해 전송됐다. 블루 84210호의 메인 컴퓨터는 우주보다도 넓은 메모리 속에서 아이들의 데이터를 이용해 복제 생명체를 만들어 냈다.

열여덟 명의 아이들이 끝도 없는 공간 속에 나타났다. 그곳은 형언할 수 없는 색채를 띤 공간이었다. 사실 색채라고 할 수도 없었다. 허무는 색이란 것이 없고 투명하고도 투명하니까. 아이들은 저도 모르게 옆에 있는 친구들을 끌어당기려 했다. 그런데 겉보기에는 너무나 정상인 자신의 손이 친구의 몸을 아무런 저항 없이 그대로 뚫고 지나갔다. 아이들은 뭐라 설명할 수 없을 만큼 겁이 났다.

컴퓨터는 이 점을 바로 알아챘다. 이 생명체에게 익숙한 물건이 필요하다는 것을 알고 자기 안의 우주 속에다가 아이들의 행성에 있는 하늘과 같은 색을 본떠 펼쳐 보였다. 아이들은 즉시 하늘을 바라보았다. 태양도 구름도 먼지도 하나도 없이 그저 파랗고 깨끗하고 드넓었다. 발아래 역시 땅이 아닌 파란 하늘이 펼쳐졌다. 그들은 마치 무한대로 넓은 파란 우주 속에 있는 유일한 실체인 것만 같았다.

복제 생명체가 여전히 두려움을 느끼는 것을 안 컴퓨터는 1억분의 1초 동안 생각했다. 그리고 깨달았다. 은하계에 있는 생명체 대다수는 허공에 떠 있는 것을 두려워하지 않지만 이 생명체는 다르다. 그들은 대지 위의 생물이다. 그래서 컴퓨터는 아이들에게 땅과 중력을 주었다. 아이들은 갑자기 나타난 땅을 이상하게 쳐다보았다. 땅은 순백색이었고 검은 선이 가지런하게 교차로 그어져 있었다. 마치 끝없이 넓은 국어 공책 위에 서 있는 것 같았다.

그들 중 한 아이가 무릎을 꿇고 땅바닥을 더듬어 보았다. 이것은 아이들이 본 것 중에서 가장 매끈매끈한 물건이었다. 아이들은 두 발로 걸어 보았다. 하지만 원래 서 있던 자리에서 나아갈 수가 없었다. 이 지면은 마찰력이 없었던 것이다. 아이들은

자기가 왜 넘어지지 않는지 신기할 따름이었다. 한 아이가 신발을 벗어 땅바닥에다 던졌다. 신발은 등속직선운동*을 하며 앞으로 미끄러져 갔다. 아이들은 어리둥절하게 일정한 속도로 멀어져 가는 신발을 바라만 보았다.

방금 아이들이 본 것은 뉴턴의 제1 법칙이었다.

갑자기 목소리가 들려왔다. 종잡을 수 없으면서도 깊고 은은한 목소리가 데이터의 우주 속에서 울려 퍼졌다.

"3C급 문명 테스트를 시작합니다. 3C 문명 테스트 1번. 당신이 존재하는 행성의 생물 진화의 기본 원리를 설명하라. 자연도태형인가, 유전자변이형인가?"

아이들은 멍하니 입을 다물고 있었다.

"3C 문명 테스트 2번. 항성 에너지의 근원에 대해서 간단히 설명하라."

아이들은 멍하니 입을 다물고 있었다.

"……3C 문명 테스트 10번. 당신들 행성의 바다를 구성하는 액체의 분자 구성에 대해서 설명하라."

아이들은 여전히 멍하니 있었다. 테스트가 진행되는 사이에 신발은 검은 점이 되어 머나먼 지평선 밖으로 사라져 버렸다.

---

* 물체의 속력과 운동 방향이 일정한 운동. 관성의 법칙에 따르면 물체에 작용하는 힘이 0일 때 생긴다.

"여기까지 하죠!"

1,000광년 밖에서 함대 총사령관이 최고 집정관에게 말했다. "더 이상 시간을 지체할 수 없습니다. 안 그러면 분명히 시간 내에 제1 단계 임무를 완수하지 못할 겁니다."

최고 집정관의 지능장이 동의를 표하며 희미하게 떨렸다.

"특이점 폭탄 발사!"

명령 신호를 받은 파동이 순식간에 4차원 공간을 넘어 태양계에 정박한 블루 84210호에 도착했다. 은은한 형광을 띠는 안개 덩어리가 전함 전방의 긴 레일을 따라 미끄러져 나와서는 보이지 않는 역장을 따라 속도를 높이며 태양으로 돌진했다.

최고 집정관, 참의원, 함대 총사령관은 격리 구간의 다른 구역으로 시선을 돌렸다. 그곳에도 생명이 존재하는 행성계가 몇 개 있었다. 그러나 최고 등급의 생명이라 해도 진흙탕에서 사는 뇌가 없는 벌레가 전부였다. 그곳에서 폭발한 항성은 우주 가운데에서 터진 불꽃놀이의 화염처럼 보였다. 그 모습이 서사시와 같은 제2 나선팔 전투를 떠오르게 했다.

얼마나 시간이 지났을까. 최고 집정관의 지능장 일부가 무의식적으로 태양계 쪽을 향했다. 그는 블루 84210호 함장의 목소리를 들었다.

"폭발 위력권 이탈 준비. 시공간 워프 준비. 30초 카운트다운!"

"잠깐, 특이점 폭탄이 목표물에 도착하는 데 얼마나 걸리지?"

최고 집정관이 묻자 함대 총사령관과 참의원도 관심을 보였다.

"현재 안쪽 1호 행성의 궤도를 지나고 있습니다. 대략 십 분 정도 남았습니다."

"오 분 동안 다시 테스트해 보지."

"네, 각하."

이어서 블루 84210호 당직 장교의 목소리가 들려왔다.

"3C 문명 테스트 11번. 3차원 평면상의 직각삼각형에서 세 변은 어떤 관계인가?"

아이들은 조용했다.

"3C 문명 테스트 12번. 당신들의 행성은 당신들의 행성계에서 몇 번째 행성인가?"

침묵이 이어졌다.

"이건 아무 의미가 없습니다, 각하."

함대 총사령관이 말했다.

"3C 문명 테스트 13번. 한 물체에 외부의 힘이 작용하지 않으면 물체의 운동 상태는 어떠한가?"

데이터 우주의 아득한 하늘로 갑자기 아이들의 낭랑한 목소리가 울려 퍼졌다.

"물체에 외부의 힘이 작용하지 않으면 멈춰 있거나 일정한 속도로 운동하는 상태가 변하지 않는다."

"3C 문명 테스트 13번 통과! 3C 문명 테스트 14번……"

"잠깐!"

참의원이 당직 장교의 말을 막아섰다.

"다음 문항도 저속 역학의 기초와 유사한 법칙으로 내지."

참의원은 최고 집정관에게 물었다.

"테스트 원칙에 어긋나는 건 아니겠지요?"

"당연히 아닙니다. 테스트 데이터베이스 중의 문항이기만 하다면요."

함대 총사령관이 대신 대답했다. 예상 밖의 대답으로 참의원을 놀라게 한 이 생명체는 모두의 관심을 한 몸에 받고 있었다.

"3C 문명 테스트 14번. 상호작용을 하는 두 물체 사이의 힘의 관계를 설명하라."

아이들이 대답했다.

"한 물체가 다른 물체에 힘을 가하면 다른 물체도 그 물체에 힘을 가하는데, 이 두 힘은 크기가 같고 방향이 다르다."

"3C 문명 테스트 14번 통과! 3C 문명 테스트 15번. 한 물체의 질량, 외부의 힘, 가속도의 관계를 설명하라."

아이들은 일제히 입을 모았다.

"한 물체의 가속도는 받은 힘에 정비례하고 질량에 반비례한다!"

"3C 문명 테스트 15번 통과! 문명 테스트 통과! 목표항성 500921473의 3호 행성에 3C급 문명의 존재가 확인됐습니다."

"특이점 폭탄 방향 전환! 목표물을 이탈하라!"

최고 집정관의 지능장이 다급하게 번쩍거리며 최대 에너지로 블루 84210호를 향해 명령을 전달했다.

태양계에서 역장이 왜곡되며 특이점 폭탄을 밀어내기 시작했다. 수억 킬로미터에 이르는 역장 다발이 활처럼 구부러지며 특이점 폭탄을 태양으로 향하는 궤도 밖으로 벗어나게 했다. 블루 84210호의 역장 발동기는 이미 최대 출력을 내고 있었고 거대한 냉각핀은 과부하로 인해 암홍색에서 눈부신 흰색으로 변했다.

역장 다발의 왜곡은 효과를 보였다. 특이점 폭탄의 궤도가 점점 구부러지기 시작한 것이다. 그러나 폭탄은 이미 수성 궤도까지 접근한 상태였고 태양과 너무 가까웠다. 이 시도가 성공할지 아닐지는 아무도 알 수가 없었다. 초공간 전파 전달을 통해서 온 은하계가 이 폭탄 덩어리의 궤적을 주시하고 있었다.

밝기가 급격하게 높아졌다. 이는 좋지 못한 징조였다. 폭탄이 태양 외부를 둘러싼 공간의 입자 밀도가 커진 것을 감지했다는 뜻이다. 함장의 손은 이미 빨간 시공간 워프 구동 버튼 위에 올라가 있었다. 특이점 폭탄이 태양 앞쪽에 도달하는 순간, 이곳을 벗어나기 위함이었다.

그러나 특이점 폭탄은 그대로 총알처럼 태양의 변두리를 스쳐 지나갔다. 불과 수만 미터 고도로 태양의 상공을 스칠 때, 블랙홀이 태양 대기 중의 물질을 대량으로 흡수했고 밝기가 최대로 높아졌다.

태양의 경계에 두 눈을 자극하는 푸르고 흰 빛 덩어리가 나타났다. 둘은 마치 연결된 두 별인 것처럼 보였다. 이 기이한 경관은 인류에게는 영원히 풀 수 없는 수수께끼였다. 푸르고 흰 빛 덩어리가 나타나자 아래쪽 태양에서 넘실거리던 화염의 바다는 초라하게 빛을 잃었다. 모터보트가 평온한 수면 위를 내달릴 때처럼 블랙홀의 인력은 태양 표면에 V 자 형태의 흔적을 그려 놓았다. 이 흔적은 태양의 전체로 퍼져 나가고 나서야 사라졌다.

특이점 폭탄은 홍염 한 줄기를 끊어 냈다. 태양 표면에서 솟아오른 100만 킬로미터 길이의 아름다운 홍염 띠는 산산이 흩어져 광란의 플라스마 소용돌이가 되고 말았다. 특이점 폭탄은 그렇게 태양을 지나친 후 점점 어두워졌고 결국 망망한 우주의 영원한 어둠 속으로 사라져 갔다.

"우리가 하마터면 탄소 문명 하나를 소멸시킬 뻔했군요."

참의원이 길게 한숨을 쉬며 말했다.

"정말 상상도 하지 못했습니다. 이렇게 황량한 곳에 3C급 문명이 있다니요!"

함대 총사령관도 감탄을 금치 못했다.

"그러게요. 탄소 연방도, 규소 제국도 문명 확장 양성 계획에 이 구역을 포함시키지 않았지요. 만약 저들이 스스로 진화한 문명이라면 이건 정말 흔치 않은 일입니다."

최고 집정관이 말했다.

"블루 84210호, 자네들은 계속 그 행성계에 남아서 3호 행성 전체를 대상으로 한 문명 테스트를 실시하라. 너희의 원래 임무는 다른 함선이 대신할 것이다."

함대 총사령관이 명령했다.

목성 궤도 밖의 데이터 복제품과는 달리 산골 마을 초등학교의 아이들은 아무것도 느끼지 못하고 있었다. 그저 숙소 안의 촛불 아래에서 돌아가신 선생님을 둘러싸고 울기만 할 뿐이었다. 아이들은 얼마나 울었는지 모를 만큼 울고 나서야 평온을 되찾았다.

"우리, 마을로 가서 어른들한테 이야기하자."

귀추이화가 흐느끼며 말했다.

"그러면 뭐?"

류바오주가 고개를 숙인 채 말했다.

"선생님이 살아 있을 때도 다들 싫어했잖아. 이제는 관 짤 돈 내주는 사람도 하나 없을걸!"

결국 아이들은 자기들끼리 선생님을 묻어 주기로 하고, 괭이와 삽을 들고 학교 옆 산에 무덤을 파기 시작했다. 찬란하게 빛나는 별 무리가 우주에서 그들을 조용히 지켜보고 있었다.

"세상에! 이 행성의 문명은 3C급이 아니라 5B급이에요!"

블루 84210호 전함이 1,000광년 밖에서 보내온 테스트 보고서를 보던 참의원이 비명을 질렀다. 인류가 건설한 도시 마천루의 풍경이 기함 위의 우주 공간에 펼쳐졌다.

"그들은 이미 핵에너지를 사용하기 시작했고 화학적인 추진 방식으로 우주에 진입했습니다. 심지어 그들 행성의 위성에도 올랐습니다."

"기본적인 특징은 어떤가?"

함대 총사령관이 물었다.

"어떤 방면의 특징이 알고 싶으십니까?"

블루 84210호의 당직 장교가 물었다.

"음, 이 행성 생명체의 기억 유전 등급은 얼마나 되지?"

"기억 유전은 없습니다. 모든 기억은 후천적으로 얻어집니다."

"그렇다면 개체 상호 간의 정보 교류는 어떤 방식으로 이루어지는가?"

"지극히 원시적이고 아주 독특합니다. 그들의 신체 내에 아주 얇은 박막 기관이 있는데 이 기관이 주로 산소와 질소로 이루어진 대기 내에 진동을 일으켜서 음파를 발생시킵니다. 그때 전달하려는 정보를 음파에 같이 실어서 보냅니다. 받아들이는 쪽에서도 일종의 박막 기관을 이용해 음파 속 정보를 받아들입니다."

"이런 방식의 정보 전달은 속도가 얼마나 되나?"

"초당 1~10비트입니다."

"뭐?"

기함에서 이 이야기를 들은 모든 이들이 크게 웃었다.

"정말로 초당 1~10비트입니다. 저희도 처음에는 믿을 수가 없어서 반복해서 확인했습니다."

"자네 바본가!"

함대 총사령관이 버럭 화를 냈다.

"자네 말은 기억 유전도 하지 않고 서로 음파로 정보를 주고받는 데다, 초당 1~10비트의 믿을 수 없이 느린 속도로 교류를 하는 종족이 5B급 문명을 건설하는 게 가능하다는 건가? 게다가 외부의 다른 고급 문명의 교육도 없는 상황에서 스스로 진화를 했다고?"

"그게…… 총사령관님, 확실히 그러합니다."

"그런 상황이라면 이 종족은 세대 간에 지식의 축적과 전달 자체가 안 된다는 말인데 이는 문명의 진화에 꼭 필요한 것이지 않나!"

"그들에게는 일정한 수량으로 종족 내에 분포되어 있는 특수한 개체가 있습니다. 이 개체는 두 세대의 생명체 사이에서 지식 전달을 맡고 있습니다."

"신화처럼 황당무계한 이야기군."

"아닙니다."

참의원이 말했다.

"태곳적 은하 문명에는 확실히 이런 개념이 존재했습니다. 그때도 아주 드물기는 했지요. 우리 같은 항성계 문명 진화사 전문 연구자들을 제하면 아는 사람도 대단히 적고요."

"두 세대 생명체 간에 지식을 전달했던 개체를 말하는 겁니까?"

"선생이라고 부르지요."

"선……생?"

"이제는 사라진 고대 문명의 단어지요. 아주 생소하죠. 웬만한 고대 어휘 데이터베이스에서는 찾을 수도 없을 겁니다."

그때 태양계에서 보낸 홀로그램 영상의 초점이 멀어지며 쪽빛 지구가 공중에서 천천히 움직이는 모습이 나타났다. 최고 집정관이 그 모습을 보며 말했다.

"은하계 연방 시대에 독립적으로 진화한 문명은 극히 드물어요. 5B급까지 진화한 경우는 거의 없다고 볼 수 있지요. 우리는 이 문명이 아무런 간섭 없이 계속 진화해 갈 수 있도록 해야 합니다. 그들에 대한 관찰과 연구는 우리의 고대 문명에 대한 연구에도 도움을 줄 뿐만 아니라 오늘날 은하 문명에도 일깨우는 바가 큽니다."

"그럼 아예 블루 84210호도 이 행성계를 즉시 떠나게 합시다. 항성 주위 100광년의 범위를 비행 금지 구역에 포함시키죠."

함대 총사령관이 말했다.

잠을 이루지 못한 북반구 사람들은 별이 총총한 하늘이 갑자기 미세하게 흔들리는 것을 보았다. 그 흔들림은 공중에서 시작해 원형을 그리며 하늘 전체로 퍼져 나갔다. 마치 물이 가득한 하늘 가운데를 손가락으로 툭 건드린 것 같았다.

블루 84210호가 워프할 때 생긴 시공의 충격파는 지구에 도착했을 땐 이미 크게 약해져 있었다. 지구의 모든 시계가 3초 빠르게 가도록 할 수 있었을 뿐이다. 그러나 3차원 공간 속의 인류는 이 영향마저도 전혀 느끼지 못했다.

"정말 아쉽군."

최고 집정관이 말했다.

"만약 고급 문명의 교육이나 양성이 없다면 그들은 아광속과 3차원 시공 중에 2000년이나 더 갇혀 있어야 합니다. 최소한 1000년은 지나야 쌍소멸 에너지를 이해하고 제대로 사용할 수 있을 것이고, 2000년 후에야 다차원 시공을 통한 통신을 할 수 있을 겁니다. 초공간 워프로 우주를 항해하는 건 아마 5000년 후에나 가능한 일이겠지요. 그럼 최소 1만 년은 되어야 은하계 탄소 문명의 품으로 들어올 최소한의 조건을 갖출 수 있겠네요."

참의원이 말했다.

"문명의 이런 고독한 진화는 은하계의 태초에나 있었던 일이에요. 만약 오랜 기록이 정확하다면 우리의 고대 선조들은 바다가 있는 행성의 심해에서 살았다고 합니다. 그 어두운 세계 속에서 무수히 많은 왕조가 사라진 후, 대규모 탐험 계획이 시작됐지요. 그들이 처음으로 다른 공간을 향해 발사시킨 것은 투명하고 부력으로 물에 뜰 수 있는 작은 공이었습니다. 작은 공은 기나긴 과정을 거쳐 바다 위로 떠올랐지요. 그때는 어두운 밤이었고, 작은 공 안에 있던 선조는 처음으로 별이 수놓아진 하늘을 보게 됩니다……. 생각해 보세요. 그들에게 그 광경이 얼마나 웅장하고 신비로웠을까요!"

최고 집정관이 말했다.

"정말 그 시대로 가 보고 싶어요. 그 먼지 같은 행성이 선조들한테는 무한대로 넓고 커다란 세계였겠죠. 초록색 바다와 보라색 초원 위에서 많은 별들을 바라보며 두려움과 동경을 느꼈을 거예요……. 우리는 이미 이런 마음을 느끼지 못한 지 천만 년은 되었을 겁니다."

"하지만 지금 저들을 되찾았잖아요!"

참의원이 영상 속 지구를 가리키며 말했다. 반짝반짝 빛나는 푸르른 구체 위에 눈처럼 흰 구름이 드리워져 있었다. 참의원은 지구가 정말 조상들이 살았던 천체의 바닷속 아름다운 진주인 것처럼 느껴졌다.

"저 자그마한 세계를 좀 보세요. 그 위에서 생명체들이 자신의 삶을 살아가고 있어요. 자신의 꿈을 꾸고요. 우리의 존재나 은하계의 전쟁과 멸망에 대해서는 전혀 알지 못해요. 그들에게 우주는 무한한 꿈과 희망의 원천인 겁니다. 마치 오랜 옛날부터 전해지는 노랫말같이 말입니다."

참의원은 정말로 노래를 흥얼거리기 시작했다. 그들 셋의 지능장이 하나로 합쳐지며 장밋빛 물결로 넘실거렸다. 가늠하지 못할 만큼 멀고 먼 태고 때부터 전해져 온 노래는 아득하고 신비로우며 또 처량했다. 초공간을 건너 노랫가락이 온 은하계로 퍼져 나가자 수천억 개의 항성으로 이루어진 성운에서 헤아릴 수 없을 만큼 많은 생명들이 오랫동안 잊고 지냈던 따스함과 평온함을 느꼈다.

"우주에서 제일 이해할 수 없는 것이 바로 우주를 이해할 수 있다는 것이죠."

최고 집정관이 말했다.

"우주에서 제일 이해가 쉬운 것이 바로 우주를 이해할 수 없다는 것이고요."

참의원이 말을 받았다.

아이들이 무덤을 다 덮었을 때 동쪽 하늘은 벌써 환했다. 선생님은 교실에서 뜯어낸 문짝 위에 놓여 땅에 묻혔다. 그와 함께 묻힌 것은 분필 두 상자와 책장이 너덜너덜해진 초등학교 교과서 한 세트였다. 아이들은 아담한 봉분 위에 석판을 하나 세웠다. 거기에 분필로 '이 선생님의 묘'라고 썼다.

비라도 한바탕 내리면 석판 위의 삐뚤빼뚤한 글씨는 흔적도 없이 사라질 것이다. 그리고 이 무덤과 그 안에 영원히 잠든 사람이 바깥세상에서 깨끗이 잊히는 데는 그리 오랜 시간이 걸리지 않을 것이다.

태양이 산 위로 봉긋 솟아올라 깊게 잠든 산골 마을과 그림자에 싸인 산골짜기 들판에 황금색 찬란한 빛을 쏟아 놓았다. 이슬이 반짝거리며 맑고 투명한 빛을 뿜어내고 잠에서 덜 깬 새소리가 드문드문 들려왔다.

아이들은 오솔길을 따라 마을로 달려갔다. 작달막한 그림자 무리가 산골짜기 가운데 푸르스름한 새벽안개 속으로 금세 자취를 감추었다.

아이들은 계속 살아갈 것이다. 이 오래되고 척박한 땅 위에서 소소하고 보잘것없지만 분명히 존재하는 희망을 주워 담으면서.

왜 외계인을 만나지 못할까?

　이번 권의 소설 세 편에는 공통점이 있다. 바로 사랑이다. 사실 류츠신은 애정 스토리에 능하지 않다. 그의 대표작 중 하나인 장편소설 『삼체』에는 등장인물 간의 애정 관계가 나타나는데 독자들로부터 너무 평범하다는 평을 듣기도 했다.

　하지만 사랑 이야기에 능하지 않다고 해서 사랑의 감정이 없는 것은 아니다. 오히려 반대로 류츠신의 감정이 아주 깊이 숨겨져 있을 때도 있다. 일부러 드러내 보이지 않거나 그럴 필요가 없을 뿐인 것이다. 나는 류츠신과 만나며 그가 대단히 솔직하다는 것을 알았다. 하지만 솔직한 사람에게도 또 다른 면이 존재하기 마련이다. 아니나 다를까 류츠신은 이번 세 편의 소설에서 사랑하는 감정에 관해 썼다. 첫 번째 소설은 한 남자가 깊은 지하에 있는 누군지도 모르는 여자에게 느끼는 사랑, 두 번째 소설은 아버지가 아들과 손녀에게 느끼는 사랑, 세 번째 소설은 류츠신이 산골 마을 선생님에게 느끼는 사랑이다.

앞쪽 두 편의 이야기는 내용이 연결되어 있다. 지구의 본모습을 찾고자 탐험하는 인류의 이야기다. 지구라는 존재는 그 위에 살고 있는 인류에게 여전히 거대한 수수께끼다. 지구에 대한 우리의 이해는 거의 표면에 국한되어 있다. 지구의 크기와 질량, 대륙과 해양의 분포, 사계절의 변화, 비교적 얕은 위치에 있는 지층의 구조 정도다. 그래서 우리는 아직도 지진의 법칙에 대해 잘 알지 못하고 온난화의 원인에 대해서도 서로 언쟁을 벌인다. 쥘 베른이 살았던 시대에도 인류는 바다 깊은 곳에 관해서 조금밖에 알지 못했다. 그가 쓴 『해저 2만 리』라는 유명한 소설 또한 사실이 아닌 상상력에 의존해 탄생한 작품이다.

그렇다면 지구의 심층 구조는 어떠할까? 지구의 평균 반지름은 6,371킬로미터다. 제일 바깥층은 지각이라고 불리며 깊이가 평균 33킬로미터를 넘지 않는다. 지각의 밀도는 물의 약 두 배 내지 세 배 정도 된다(물의 밀도는 세제곱센티미터당 1그램). 지각 아래는 맨틀이다. 깊이는 2,900킬로미터로 지구 반지름의 절반에도 못 미친다. 맨틀은 상부 맨틀과 하부 맨틀, 두 부분으로 나뉜다. 상부 맨틀의 두께는 대략 950킬로미터이며 온도가 아주 높아서 어떤 곳은 마그마 상태로 존재하기도 한다. 밀도는 물의 세 배에 이른다. 하부 맨틀의 두께는 대략 1,900킬로미터 정도다. 액체와 고체 상태로 이루어져 있으며 밀도는 물의 다섯 배 정도다.

맨틀 아래는 아주 두꺼운 액체층인 외핵이다. 두께는 1,800 킬로미터, 밀도는 급격히 높아져서 물의 열 배나 된다. 이는 지구 평균밀도의 두 배쯤 된다. 이곳에서는 지진도 자취를 감춘다. 그다음으로 지구의 가장 깊은 곳에 내핵이 있다. 이곳에서는 액체 상태가 고체 상태로 바뀌며 구성 물질은 주로 철과 니켈이다. 밀도는 물의 열두 배나 된다. 핵 내부는 온도가 대단히 높아서 섭씨 6,000도나 된다. 지각운동에 에너지를 제공하고 자기장을 발생시키기 위해서 내부에 반지름이 4,000미터 정도 되는 핵 반응로가 있다고 예상하는 사람도 있다.

지각과 맨틀 사이의 면은 「타인의 눈」에서 언급된 '모호로비치치불연속면'이다. 앞에서 맨틀의 가장 깊은 곳이 2,900킬로미터라고 했는데, 일몰 6호는 2,500킬로미터 지점에서 지구핵으로 뚫고 들어간다. 이곳이 바로 맨틀에서 외핵으로 통하는 균열 지점이었던 것이다.

일몰 6호의 선체는 중성자 재료로 만들어졌다. 암석과 암석 사이를 항해할 수 있을 만큼 강도가 커야 하기 때문이다. 『삼체』에서도 중성자 재료로 만들어진 물건이 등장한다. 삼체인의 '물방울'이 바로 그것이다. 나는 『삼체 속 물리학』(국내 미출간)이라는 책에서 이런 재료의 가능성에 대해 분석했다. 그 물방울이 중성자로 만들어졌다면 질량이 엄청나게 클 것이라고 생각했다. 중성자별의 밀도에 맞먹을 만큼 말이다. 하지만 이는 물방울의 중량과는 서로 모순된다.

일몰 6호의 질량도 중성자별의 밀도만큼 크지는 않다. (그렇지 않다면 무거운 지하 비행선의 본체가 지구를 뚫어 버리고 말 것이다.) 그렇다면 이건 어떤 중성자 재료일까? 우리는 의문을 남겨 둘 수밖에 없다. 미래의 인류는 당연히 새로운 재료를 발견해 낼 것이다. 강도와 경도가 다이아몬드를 훨씬 뛰어넘지만 질량은 그렇게 크지 않은 물질 말이다.

우리가 보통 사용하는 전자파는 지각을 통과할 수 없다. 그래서 일몰 6호와 지면의 통신에는 중성미자를 이용한다. 중성미자는 지구를 통과하는 데 아무런 어려움이 없다. 미래에는 중성미자 통신이 실제로 가능해질 것이다. 하지만 처음에는 수신기가 아마 엄청나게 거대할 것이다. 중성미자는 일반 물질과는 어떤 작용도 일으키지 않으니 말이다.

언제쯤이면 「타인의 눈」에서 등장하는 중성미자를 감지하는 안경이 출현할까? 나는 이 기술이 미래의 수많은 기술들 중에 가장 어려울 거라고 본다. 강인공지능*을 예로 든다면 사람처럼 똑똑한 이 인공지능도 중성미자 감지 안경보다는 현실화하기 쉬울 것이다.

「지구 대포」에서 류츠신이 서술한 환상은 미래의 예언일지도 모른다. 지구를 완전히 관통하는 터널이 우주선을 쏘아 올리는 대포 역할을 하게 되는 것 말이다. 비슷한 터널이 SF 영화 〈토탈 리콜〉에도 나온다. 그 터널은 우주선을 쏘아 올리지는 않지만 말이다. 「지구 대포」의 주인공 선화베이는 「타인의 눈」에서 지구 중심으로 가라앉은 조종사의 할아버지다. 그의 아들 선위안은 지구 중심을 관통하는 터널 프로젝트의 설계자였다. 여기서도 마찬가지로 강도가 아주 큰 재료가 등장해 터널 벽에 쓰인다.

애정과 과학 요소가 가장 깊게 들어가 있는 작품은 「산골 마을 선생님」이다. 한 가난한 산골 마을에 역시 가난한 교사가 있는데 암에 걸리고 만다. 그는 아이들에게 마지막 수업에서 물리학을 가르친다. 수업 내용은 뉴턴의 운동 법칙. 그런데 그때, 오랜 세월 동안 끌어왔던 은하 전쟁을 끝낸 탄소 연방이 전쟁에서 패한 규소 제국을 지구가 있는 은하의 나선팔(오리온자리 팔)에 가두려고 한다. 탄소 연방은 규소 제국을 철저하게 가두기 위해 이들이 이용할 수 있을 만한 오리온자리 팔의 모든 항성을 소멸

---

* 인간이 프로그래밍 한 일을 단순히 수행하는 것을 넘어서서 자아를 가지고 의지를 실행으로 옮기는 인공지능시스템.

시켜야 한다. 그러나 탄소 문명은 문명의 발달이 3C급 이상인 행성계는 남겨 두고자 한다. 그들은 지구에서도 문명 테스트를 진행하고 산골 마을 선생님이 아이들에게 갓 가르친 뉴턴의 운동 법칙이 진가를 발휘하게 된다. 아이들은 문제에 정확하게 대답하고 탄소 연방의 테스트에 통과하게 된다. 그래서 음파를 사용해 교류하는 초급 문명이 계속 살아남게 된다.

구식 문명이지만 독자적으로 발전한 이 문명을 보호하기 위해서 탄소 연방은 지구 주위 100광년의 범위에 비행 금지령을 내린다. 한 산골 마을 선생님의 마지막 생명 한 줄기가 지구를 구한 것이다. 그러나 동시에 지구 주위가 비행 금지 구역이 되는 바람에 우리는 다른 문명과 접촉할 기회를 잃어버리고 만다. 이는 '페르미 역설*'에 대한 류츠신의 또 다른 해답일 것이다. 그러면 우리는 "산골 마을 선생님이 있기 전에는 왜 인간이 외계인을 만나지 못했는가?" 하고 물을 수 있다. 정답은 이렇다. 외계인들이 2만 년 동안 전쟁을 하느라 바빴던 것이다.

이론물리학자 리먀오

---

* 이탈리아의 물리학자 엔리코 페르미가 외계인이라는 존재를 두고 "모두 어디 있는가?"라고 물은 데서 시작됐다. 이 질문을 두고 수많은 지식인들이 실제로 외계인이 존재하는지 아닌지, 존재한다면 왜 우리가 아직 만나지 못했는지, 만났으나 인식하지 못한 것인지 등에 관해 다양한 이론을 제시했다.

옮긴이 박미진

동국대학교 중어중문학과를 졸업하고 톈진사범대학에서 수학했다. 중국어 강의와
무역 관련 일을 하다가 지금은 한국관광공사 소속 중국어 전문 관광통역안내사로 활
동하며 유커들에게 한국을 널리 알리고 있다.
국내 독자들과 함께 읽고 싶은 중국 원서의 출판 기획 및 번역 작업 역시 활발히 진행
하고 있다. 옮긴 책으로는 『안녕, 우울』『서른, 노자를 배워야 할 시간』『마윈의 충고』
『큰소리치지 않고 아들 키우는 100가지 포인트』 등 다수가 있다.

고독한 진화

© 류츠신, 2019

초판 1쇄 인쇄일 2019년 9월 2일
초판 1쇄 발행일 2019년 9월 11일

지은이   류츠신
옮긴이   박미진
펴낸이   정은영
편집   김정택
마케팅   이재욱 백민열 하재희 한지혜
제작   홍동근

펴낸곳   (주)자음과모음
출판등록   2001년 11월 28일 제2001-000259호
주소   04047 서울 마포구 양화로6길 49
전화   편집부 02) 324-2347 경영지원부 02) 325-6047
팩스   편집부 02) 324-2348 경영지원부 02) 2648-1311
E-mail   jamoteen@jamobook.com

ISBN   978-89-544-3998-5 (44820)
          978-89-544-3968-8 (set)

잘못된 책은 교환해 드립니다.

이 도서의 국립중앙도서관 출판시도서목록(CIP)은 서지정보유통지원시스템 홈페이지
(http://seoji.nl.go.kr)와 국가자료공동목록시스템(http://www.nl.go.kr/kolisnet)에서
이용하실 수 있습니다.(CIP제어번호: CIP2019028191)